# Berlin
# deux temps trois mouvements

GRAIN D'ORAGE

## DU MÊME AUTEUR

POÉSIE /FICTION
*La belle Journée*, Guy Chambelland, 1969.
*La Femme dans la Neige*, Génération, 1971.
*La Mort de l'Imprimeur*, Génération, 1975.
*L'Main*, L'énergumène, 1975.
*Hacettepe University Bulletin*, Ecbolade, 1976.
*Power/powder*, Christian Bourgois, 1977.
*Œuf-glotte*, Christian Bourgois, 1979.
*Voilà les sexes*, Luneau-Ascot, 1981.
*Peep-Show*, Cheval d'Attaque, 1984.
*Deux dames au bain*, L'un dans l'autre, 1984.
*Commencement*, P.O.L., 1989.
*Écrit au couteau*, P.O.L., 1993.
*Une phrase pour ma mère*, P.O.L., 1996.
*Glossomanies*, L'Ambedui, 1996.
*Dum pendet filius*, P.O.L., 1997.
*Le Professeur*, Al Dante, 1999.
*L'âme*, P.O.L., 2000.
*Presque tout*, P.O.L., 2002.
*Grand-mère Quéquette*, P.O.L., 2003.

ESSAIS
*Denis Roche*, Seghers, Poètes d'aujourd'hui, 1977.
*Comme la peinture (Daniel Dezeuze)*, Yvon Lambert, 1983.
*La langue et ses monstres*, Cadex, 1989.
*Ceux qui merdRent*, P.O.L., 1991.
*Viallat la main perdue*, Voix, 1996.
*Rien qui porte un nom*, Cadex, 1996.
*Une erreur de la nature*, P.O.L., 1996.
*À quoi bon encore des poètes ?*, P.O.L., 1996.
*Salut les anciens / Salut les modernes*, P.O.L., 2000.
*Ne me faites pas dire ce que je n'écris pas*, Cadex, 2004.
*L'Incontenable*, P.O.L., 2004.

CHRONIQUE
*Six jours sur le tour*, Éditeurs évidant, 1991.

ENREGISTREMENTS AUDIO
*Souvenirs de l'Œuvide*, Artalect, Paris, 1984.
*Comment j'ai écrit certains de mes textes*, Muro Torto, 1996.
*L'Écriture, ça crispe le mou*, Alfil, 1997.

CHRISTIAN PRIGENT

# Berlin
## deux temps
## trois mouvements

ZULMA

*Grain de beauté, de folie*
*Ou de pluie...*
*Grain d'orage – ou de serein –*
TRISTAN CORBIÈRE

*Berlin deux temps trois mouvements* a été publié sur une idée de Jean-Michel Espitallier.


www.zulma.fr

Pour M.-Ch., cycliste berlinoise

## Deux en une

Avril 1999. Voilà bientôt dix ans que l'onde incontrôlable lancée par la perestroïka a fait tomber le Mur qui divisait Berlin. Et presque autant d'années que l'Allemagne, au soir du 3 octobre 1990, s'est réunifiée. Dix ans qu'une foule débordante d'unanimité a fêté l'événement. C'était par une nuit de flambeaux, de drapeaux, de pétards, de fusées et de décibels agressifs. Une liesse civique avivée par le rock, la bière, les élans patriotiques et les harangues fraternalistes s'y mêla pour quelques heures à une assez évidente dose d'angoisse historique mal rentrée. On arbora des T-shirts déclaratifs, on brandit des banderoles matamoresques, on chanta, on dansa, on s'embrassa, on pissa profusément sur les lampadaires et on vomit en chœur dans les caniveaux. La télé filma tous azimuts. L'Histoire était passée.

*
* *

Berlin est à nouveau, depuis juin 91, le centre emblématique et la capitale politique de l'Allemagne réunifiée. Le parlement et le gouvernement allemands s'y réinstallent peu à peu. La porte de Brandebourg a été restaurée à l'occasion de son deux centième anniversaire. Elle a retrouvé son quadrige, souvent tourneboulé par les avatars du temps (tourné vers l'orient, vers la ville, il disait la paix ; tourné à l'occident, dans le sens des invasions, il appelait à la conquête). La Spree ne brûle plus, ni ne noie les évadés de l'enfermement socialiste. Dans son coude affectueux, au voisinage du Reichstag, une enfilade de bâtiments administratifs (le « Band des Bundes ») est en construction, sur un kilomètre de long et cent mètres de large.

Le Reichstag a été lavé des traces de la guerre. Il est sorti de la chrysalide que Christo lui avait tissée en 1995. Sir Norman Foster, architecte britannique high-tech, l'a recoiffé d'une coupole de verre digne de sa fonction. On a guéri de ses humiliations son pourtour gazonné : plus de chicots de mur, de pelouses à piètres footballeurs, de banquettes pour petits couples punks, de parkings à touristes urineurs, de charmilles maigres et de boulingrins en écrins pour les barbecues turcs. On a démonté le voisin chapiteau du Tempodrom, où Nina Hagen hurlait il y a peu son rock provocateur, pour le remonter derrière les restes de brique jaune de la gare d'Anhalt. Et c'en est fini, au cœur de cet espace voué à l'austère dignité civique, des grands concerts pop qui rameutaient des foules sur l'esplanade. Exit Michael Jackson se déhanchant sur « I'm bad » devant le temple du Bien civique. Exeunt les Pink Floyd, en concert pléonastique devant « The Wall ». Plus de tréteaux tonitruants, plus de barnum bariolé pour offusquer la monumentale façade et en souligner insolemment la désaffection. Retour aux Tables de la Loi, loin des passions de la foule en transe devant le Veau d'or du spectacle profane.

Du coup, phénix sorti des cendres de la tragédie barbare et déplumé des grigris kitsch d'une histoire parfois tournée en farce, le Reichstag est redevenu le Reichstag. Celui d'avant la machination de Goering et l'incendie démocraticide de février 33. Celui d'avant le vote des pleins pouvoirs à Hitler. Celui dont l'histoire prit momentanément fin lorsqu'un soldat soviétique, comme on le voit sur une photo célèbre, un jour de mai 1945, planta le drapeau rouge victorieux sur les restes de la coupole ravagée par les bombes.

Le Reichstag est un édifice plutôt laid, lourdement pâtissé, empesé de raideur wilhelmienne et de morbidité néo-classique. C'est aussi un symbole chargé d'émotions ambiguës. Officiellement ré-inauguré (avril 99), il s'apprête à recevoir les séances régulières du Parlement. Celui-ci siègera dans un plénum géant de 1200 mètres carrés, baigné d'une lumière panoptique et lustrale. On a conservé des fragments de la voûte ancienne et des graffitis en caractères cyrilliques laissés là par les soldats soviétiques (« Nous étions là le jour de la victoire »). On a accroché aux murs des œuvres contemporaines (Polke, Boltanski, Richter, Baselitz...). Une mini-centrale électrique à l'huile de colza fournira de l'énergie méticuleusement « propre ». Les surplus de chaleur accumulés pendant l'été seront stockés pour servir en hiver. Ainsi passé, présent et écologie d'avenir se donneront la main pour faire luire à nouveau d'une lumière totémique le monument de cette démocratie allemande tardivement née sur les ruines de l'empire des Hohenzollern, accouchée parmi les émeutes spartakistes, les fureurs répressives et les assassinats politiques, très vite tuée par la peste nazie, re-née sur les décombres de 1945, fratricidement déchirée par la partition en zones et la transformation de la zone soviétique en République populaire, tout frais ré-unifiée, élevée du coup à une probable maturité – mais déjà aigrie par les attentats xénophobes contre les foyers d'immigrés et claudicant malencontreusement entre sa grasse jambe occidentale et le membre plus court, plus fragile, plus maladif des nouveaux Länder venus de l'ex-Est socialiste.

Au fronton de l'édifice jadis martyrisé on peut lire une haute inscription. Elle dédie le Reichstag au peuple allemand : « Dem deutschen Volke. » La déclarativité emphatique de la dédicace dissimule sans doute un peu d'inquiétude sur l'existence (et les pulsions, et les terreurs, et les désirs ambivalents) du dédicataire.

*

* *

De l'autre côté de la Spree, quand on passe d'un coup de vélo à travers l'ex-guichet suspicieux de Checkpoint Charlie, on suit une Friedrichstrasse naguère défoncée et quasiclocharde, désormais agressivement rénovée, luxueuse, brillante. On longe l'immeuble de verre construit par Jean Nouvel pour les Galeries Lafayette et le « Quartier 206» conçu par Ieoh Ming Pei. Puis on débouche sur la vaste avenue Unter den Linden et on file le long de la néo-classique Bibliothèque nationale prussienne vers ce qui fut le centre politique de Berlin-Est.

Les innombrables symboles réalistes-socialistes de la R.D.A., mosaïques héroïques, bas-reliefs pompiers, plaques à slogans autosatisfaits et statues martiales, ont été dépendus ou masqués. On ne voit plus nulle part trôner l'énorme couronne de blé, cernant le marteau et le compas imbriqués – qui était la version paysan-ouvrier-intellectuel de l'alliance prolétaire-paysan symbolisée par le marteau-faucille originel. Elle a été évidemment arrachée de la façade de l'ancien palais de la République où siègea jusqu'en 1990 la Chambre du peuple du régime, comme on disait, « de Pankow ».

Bien des rues, même, ont été débaptisées. Celles qui portaient trop ostensiblement le nom de héros du mouvement communiste (Lénine, Georges Dimitroff...) ou des pères fondateurs de l'ancien régime (Wilhelm Pieck, Clément Gottwald...) s'appellent désormais, plus idéologiquement neutres, rue de Greifswald, rue de Landsberg ou rue de Dantzig. Et la place Lénine est désormais place des Nations-Unies.

Karl Marx a échappé à la trappe. C'est qu'il fait partie, penseur inaltérable ou philosophe désormais antédiluvien, du patrimoine allemand. On le voit en costume de bronze, affectueusement accolé à son comparse Engels, sur un vaste parvis bétonné, devant l'Hôtel de Ville de brique rouge. Tous deux se font discrets. Ce n'est plus qu'un petit couple de touristes pépères, comme figés dans une nostalgie à la fois stoïque, éberluée et fragile. Pas loin, en bronze idem, l'exemplaire ouvrier, l'exemplaire ouvrière, la bêche à l'épaule et la mâchoire crispée sur les déboires du sens insensé de l'histoire, marquent le pas, aussi pris dans le ciment du temps que les morts de Pompéi dans la lave du volcan. On les regarde avec une sorte de tendresse amusée. Ils sont déjà si exotiques, si désastreusement anachroniques !

Quant aux statues colossales de Lénine, qui ornaient les carrefours de la capitale « socialiste », elles gisent en morceaux dans des décharges ou s'entassent, démembrées, sur des étagères de brocanteurs. Des amateurs, dit-on, en sont friands. Ça se vend et s'achète. On fait encore un peu de beurre avec le recylage de ces restes d'un monde défait.

Seul un énorme buste d'Ernst Thaelmann, le dirigeant communiste des années 30, hérault de la désastreuse tactique « classe contre classe », et assassiné à Buchenwald, a résisté à la liquidation. Jadis on édifiait la piété des enfants socialistes en leur projetant dans des veillées politico-pédagogiques l'inoubliable biographie filmée *Ernst Thaelmann, Sohn seiner Klasse (Fils de sa classe)*. J'ai vu ce film. J'ai vu aussi, à Buchenwald, le caveau où une balle dans la nuque abattit Thaelmann. Je ne me souviens pas de tout cela sans émotion, sans colère, sans chagrin, moi dont l'enfance fut langée de romantisme révolutionnaire, dopée aux galops soviétiques d'Ostrovski dans *Et l'acier fut trempé*, et élevée dans le culte du *Fils du Peuple* Maurice Thorez. Aujourd'hui, sur la Greifswalderstrasse, le long d'un parc qui curieusement porte toujours son nom, la tête monumentale et virile du héros prolétaire cambre son maxillaire et projette un regard définitivement fixe vers la lumière d'un idéal caduc. Elle est nimbée dans les plis d'un drapeau dont le bronze ondulé suggère sans peine l'écarlate. Mais elle s'orne désormais d'irrévérencieux graffitis et des pigeons sans conscience de classe chient en toute impunité sur la calvitie du crâne exemplaire.

Et puis il y avait la longue tranchée, l'avenue creuse, emmurée, griffée de barbelés, ponctuée de miradors, hérissée de mitraillettes et de fusils, peuplée de soldats gris, de sombres chiens-loups et de petits lapins. Il y avait ce ravin glacial, poignant et macabre qui, depuis 1961, saignait la ville et la coupait en deux. Mais le mur (détruit, débité, vendu, rasé) et le no man's land (nettoyé, relabouré, replanté) s'effacent peu à peu de l'espace visible sous la ruée des constructions, le quadrillage amical des jardins publics, les espaces de jeux pour les enfants et la douceur des verdures civilisées. Et les petits éclats rupestres, authentiques ou fabriqués pour l'occasion, vaguement peinturlurés avant ou après-*coup*, qu'on vendit par milliers après le « tournant » (*Wende*) de 1989, se font désormais rares sur les étals à la sauvette, pourtant toujours nombreux du côté de la porte de Brandebourg ou devant l'université Humboldt sur Unter den Linden.

*

* *

Berlin change. C'est ce qu'on dit. C'est ce qu'ici et là on voit. Ainsi la Potsdamer Platz, du temps que je vivais dans cette ville, était un vaste vide couturé et aride, une jachère fauchée à la vie au cœur de la cité, une lande de mauvaise végétation, semée de baraquements improbables, de ferrailles résiduelles et de moignons d'architectures noircies. Derrière (vers l'Ouest), le fantomatique quartier des anciennes ambassades auprès du Reich, avec ses bâtisses écroulées, noyées dans les sureaux poudreux, les tas de ferrailles et les vieux pneus. Devant (vers l'Est), le Mur et, au-delà, les façades fermées sur l'étrangéité claustrale de l'Autre ville et le glacis des steppes socialistes.

L'été 98 m'a montré, au même endroit, une sorte de Manhattan un peu surbaissé mais pareillement engorgé d'immeubles. C'est un hallier de buildings plus ou moins terminés, empanachés d'une extraordinaire, amazonienne, max-ernstienne forêt de grues. « Le plus grand chantier du monde », dit-on. En tout cas ça bruit de bétonnières, de camions, de bull-dozers. Ça grouille d'une troupe excavante, maçonnante, martelante, calculante. En haut, le jour, la cohorte des ingénieurs casqués et des forçats du téléphone portable. En bas, la nuit, l'armada dépoitraillée, en culottes minces et bottes échassières, des prostituées polonaises, russes, hongroises. Autour, comme ailleurs : taxis, bus, bagnoles en meutes, flics, ambulances, sirènes, sifflets. Et partout, déjà, envahissant, arrogant, décomplexé, l'éclat, architecturé par Renzo Piano, Giorgio Grassi ou Helmut Jahn, des verres, des aciers, des néons et des ors d'une économie libérale branchée à la planète entière par les réseaux informatiques : bienvenue à l'axe Sony-Daimler-Benz !

Car voici ce modèle économique à nouveau « chez lui », ici comme ailleurs. Il respire bien. Il s'étale. Il n'a cure des fractures, des exclusions, des misères, des friches désœuvrées et des sous-hommes désactivés par la rationalité marchande. Il est tout de bonne conscience et de cynisme souple. Dès les premiers mois de 1990, la compagnie aérienne Lufthansa, interdite d'activité à Berlin depuis la guerre, suite aux accords d'occupation passés entre les Alliés, ouvrit au plus vite de vastes bureaux sur le Kurfürstendamm. Et le cœur propriétaire poussa illico son cri : peintes sur la vitrine vastement ouverte aux désirs du marché pérégrinateur, de hautes lettres insolentes proclamèrent : « Wir sind wieder zu Hause ! » (nous voici à nouveau chez nous).

*

*　*

Berlin, en somme, est en train de devenir une ville comme les autres. D'où qu'on pourrait s'en détacher. Ou ne plus y poursuivre, dans une nostalgie trouble, que le souvenir de ce qui en faisait l'altérité, la violente, irrémédiable et dramatique originalité.

Mais cette image est largement fausse. Je sais qu'affirmer cela n'est peut-être qu'affirmer un désir : je voudrais bien que l'image soit fausse. Et ce désir est coupable : comment vouloir fixer une forme dont on sait de quels chagrins, de quelles coercitions, de quelles violences et de quelles misères elle était construite et cernée ? Pourtant rien ne fait pièce à ce désir et à cette sensation. Rien n'empêche la conviction. Berlin saisit et passionne. Ou rebute radicalement. Mais si Berlin passionne, Berlin tue toute raison purement historique et politique. J'ai tant aimé, j'aime tant cette ville. Je désire tant l'aimer encore. Je sais, je sens que rien de ce qui la voue aujourd'hui à la banalité, indéfiniment reproduite aux quatre coins de la planète, des grandes métropoles internationales n'empêche qu'y persiste quelque chose qui entrave la marche de ce destin monochrome.

Quel que soit le désir qui, dans cette ville, en appelle (et nonobstant l'angoisse) à l'accomplissement de l'indifférence, à l'envahissement du pareil-au-même, à l'allégeance aux formes prescrites de la conurbation moderne, la ville résiste. Quelque chose en elle renâcle, traîne les pieds. Une histoire plus lourde qu'ailleurs, plus difficile à faire bouger, certainement. Une simple force d'inertie, peut-être. Un peu d'humour désespéré, sans doute.

*
* *

En tout cas, les traces de l'altérité sont partout présentes. Et elles font surgir, ici et là (ces sites sont nombreux), la question de savoir ce qui faisait de cette ville une ville *pas comme les autres*. Et qui du coup en fait encore une ville différente, inassignable. Une ville d'exception à la Ville (à la grande capitale moderne).

Bien sûr Berlin n'est pas homogène. Il y a des beaux quartiers, il y a des quartiers sordides. Il y a des quartiers cossus et des quartiers cassés. Les uns sont peignés et ornés par les goûts un peu rococo de la bourgeoisie. Les autres sont bariolés et bricolés par ce qu'on appelait dans les années 60 la vie « alternative » (les squats et les repaires gauchistes). Il y a des avenues typiquement « allemandes » et d'autres en transit entre l'immobilier germanique et un mobilier d'enseignes, de vitrines, d'étals et de denrées qui sont plutôt d'Istanbul, d'Athènes ou de Sarajevo. Mais cela, c'est le fait de toutes les métropoles européennes modernes.

Sauf que souvent, dans lesdites métropoles, le partage se fait entre un centre et une périphérie, voire entre un espace symboliquement intra-muros et des banlieues d'exclusion. À Berlin, l'histoire a fait que la ville entière était, stricto sensu, *intra murum*. Qu'elle pivotait et vivotait comme elle pouvait dans cette insularité. Qu'elle n'était pas disposée dans une rationalité géographique stricte, puisque l'histoire avait perverti la géographie. Que, par exemple, autour, c'était l'Est partout, même à l'Ouest. Que son centre n'était pas en son centre. Qu'elle ne s'emmitouflait d'aucune banlieue (c'est bien sûr en train de changer, maintenant que la ville dégorge au-delà du tracé périphérique du Mur).

Ainsi, dans cette ville pascalienne malgré elle, le centre était à la fois nulle part et partout. Coincé contre le Mur et du coup dédaigné, prolétarisé, clochardisé, laissé aux marginaux et aux immigrés, le centre géographique était une banlieue. Et le pourtour, du coup, était le centre luxueux et civilement correct. D'où, dans cette ville pervertie et inverse, des différences et des partages pareils à aucun autre, nulle part.

*
* *

Il n'y a toujours pas *un* Berlin, mais *deux*. Une fois passé le ruban urbain assez mince qui, de part et d'autre de l'ancien tracé du Mur, s'efforce de jointurer dans une même frénésie architecturale, consumériste et mémorialiste les deux Berlin « d'avant », la différence éclate. Rien de commun entre l'ex-centre commercial, spectaculaire et administratif de l'ex-Berlin-Ouest (le Kurfürstendamm en est l'emblème) et la vacuité, immense, froide, venteuse, du centre de l'ex-Berlin-Est (les alentours de l'Alexanderplatz, Friedrichshain, les immeubles staliniens de la Karl-Marx-Allee et de la porte de Francfort...). Rien de commun entre les quartiers riches de Charlottenburg, de Reinickendorf ou de Wilmersdorf (à l'Ouest) et la pathétique pauvreté de Weissensee, de Pankow ou de Lichtenberg (à l'Est) : bien sûr on y rapièce, ravale, repeint à grande allure les crépis cradocreux label R.D.A. ; mais des tramways hors d'âge y brinquebalent entre des façades encore souvent dépenaillées, moroses, faméliques ; et bien des magasins ont conservé quelque chose de la timidité, de l'austérité frugale, du camaïeu de carême et de la pénurie désabusée qui en organisaient naguère le décor et l'approvisionnement.

À mesure que l'on s'éloigne, par cercles concentriques, du cœur de la cité, la différence s'accentue, se fige, fait insensiblement passer de l'espace au temps. Je traverse, je roule, je croise dans cette immensité urbaine (si Berlin était un cercle, son diamètre intra-muros ferait près de 50 km et la surface entière du Paris intra-périphérique n'y serait qu'un confetti exigu). La sensation y subsiste, vive, implacable, *physique*, qu'il y a deux villes. Et d'abord, certes, deux tissus immobiliers, deux types d'urbanisation, deux régulations du trafic, deux paysages publicitaires, deux modes d'installation marchande. Mais ce petit voyage dans l'espace est aussi voyage dans le temps : ma voiture, mon vélo, le métro ou le tramway me font à Berlin traverser des temps.

*

* *

Il y a deux espaces et (donc ?) deux temps, deux histoires ; en tout cas il y a, j'y reviendrai, deux mondes posés dans des temps sans guère de mesure commune. Et si commune mesure il y a, ce ne peut être que dans un hypothétique *il y aura*. Et c'est plus sûrement dans un *il y a eu*. Dans un déjà presque fabuleux *il était une fois*. Berlin sera sans doute, sera peut-être un jour vraiment homogénéisé, indifférencié. Mais ce qui aujourd'hui fait homogénéité et indifférence ne tient qu'au coulé rétro, aux schémas des annales, au nappage des narrations, à la pâte mixte d'une histoire déjà patinée de mythe et simplifiée par la minceur résumée des bréviaires où la complexité du temps vient assécher et lyophiliser ses flux.

Berlin, autrement dit, ne s'unifie que dans la vision utopique ou dans l'alignement bien sarclé d'une histoire plus reculée : un temps d'avant la partition, le temps du Berlin de 1945 et, plus loin encore, celui, verni et encadré par la chronique, des années d'avant la guerre, le Berlin cosmopolite et déjà mythique des années 20 et 30. Voire celui de l'Empire prussien, le Berlin d'avant l'Allemagne, celui des lumières voltairiennes, celui des industrieux émigrés huguenots, celui des nomades slaves du VIIe siècle ou celui, déjà vignetté dans un livre d'heures eisensteiniennes (lourdes épées, tuniques sanglantes et heaumes opaques), des terribles Grands-Maîtres teutoniques, administrateurs sévères, sécularisateurs brutaux et jeteurs épiques d'enfants au bûcher.

PREMIER MOUVEMENT

## Berlin roundshow zéro

On peut arriver à Berlin par rail. Débarquement à Hauptbahnhof ou à Bahnhofzoo. Des gares, sans plus. Reconstruites. Ni plus ni moins moroses que toutes.

Par avion, c'est déjà mieux : guère de chances, ailleurs, d'atterrir au cœur d'une capitale. À Berlin, pour quelque temps encore (un nouvel aéroport s'installe à Schönefeld), les avions arrivent à Tegel ou à Tempelhof, en plein centre. Tegel vit s'envoler jadis les premiers dirigeables du comte Zeppelin. Tempelhof, c'est le pont aérien de 1948 et un arc architectural brutal, témoin des délires bâtisseurs d'Hitler.

C'est par la route qu'il faut venir. Naguère (avant 89), fallait une liasse visée-tamponnée *Gouvernement Militaire Français de Berlin* (en être, car prof à Berlin, avait ses avantages : accès aux « économats », logement avenue de Gaulle –

comme à la maison et pas comme en Bochie –, exemption de l'impôt sur les chiens). Helmstedt, frontière des deux Allemagnes. Contrôle gendarmes français. No man's land miradors barbelés molosses. Contrôle chapskas marteaufaucillés. Jeunes soldats russes, nez rouge dans la bise. Mieux là quand même qu'en Afghanistan. Bottes claquaient. Salut raide. Déchiffraient papiers du bout d'un doigt gelé. Proposaient, façon furtif porno, insignes Armée Rouge. Bide. Vengeance : « Plaques auto sales ! nettoyer, monsieur ! » On astiquait. Papiers partaient, on suivait, dans cambuse surmontée drapeau rouge. Poireautage long, là. Gorbatchev officiel (= sans tache de vin) punaisé au contre-plaqué. Revues militaires (photos pâlichonnes, tankistes tout sourire et odeur de colle poisson sibérien). Tour aux chiottes (rances) pour passer le temps. Puis des doigts glissaient sous un guichet opaque les papiers réglo-tamponnés. Zéro mot. Nul visage. Exit. Re-sentinelle transie. Re-examen papiers. Re-claquement des bottes. Re-démarrage entre les chicanes. 200 km de « couloir ». L'auto était un bathyscaphe clos dans l'abysse socialiste. Créneau de temps légalement limité. Pas question de batifoler par des traverses dans la sorte de Picardie maigre autour. Pas droit de s'arrêter sur les aires. Pas droit aux restauroutes du peuple, gais comme des motels hitchcockiens. Hoquets forts sur les joints de ciment du revêtement recyclé IIIe Reich. Au loin : des biches. À côté : des Trabant fumigènes. Bientôt : le Berliner Ring. Puis le point de contrôle de Dreilinden entre la R.D.A. et Berlin-Ouest. Re-carnaval contrôle, sens inverse. Russes. Français. Fiche questionnaire-espion : « Avez vu quoi en route ? soldats ? troupes ? canons ? tanks ? combien ? boueux ? propres ? » (etc.). Cochage *oui* à tout par stress-inadvertance. Le gendarme, estomaqué : « Z'en avez-vu des choses ! » Puis, hilare : « Troisième Guerre mondiale, sûr ! » Ratures. Tampons. Redémarrage. Chicanes. Et c'était Berlin.

Aujourd'hui, longs embouteillages : les autoroutes allemandes sont toujours impeccables parce que toujours en travaux et toujours engorgées pour la même raison. On peut venir par la Ruhr, Hanovre, l'ancien « couloir ». C'est le plus rapide. Très morne plaine, aussi. C'est mieux au Sud : Sarrebrück, Francfort, Erfurt. Collines, forêts, ruines romantiques. On passe au pied de la Wartburg où Luther cochonna le mur sous prétexte d'entarter d'encre le Malin. On a sa bouffée d'idéalisme allemand en longeant les barres-Sarcelles panneautées Iéna. On frôle Weimar, ça rappelle de l'histoire. On laisse Leipzig à droite (Bach à Saint-Thomas ! Napoléon trahi par le Saxon versatile ! Les manifs en rond de 89 !). Richtung Nord. Traversée d'un cerne de forêts sableuses. Potsdam, c'est marqué. Puis soudain un terrain tout nu-décapé. C'est Dreilinden. Plus de contrôles. Restent les guérites. Un gros ours essaie de faire le beau en caillou grismoche. Le tank soviétique sur socle, canon pointé au ciel, a été repeint en rose peace and love.

On avale l'*Avus*, whoof ! dix rectobornes taillées dans la forêt. Autour, la verdure mousse. On est en ville. Pas évident. L'Avus, primautoroute d'Allemagne (1921). Des courses autos y avaient lieu. Restent des tribunes. Derrière : une Tour Eiffel similimini, c'est la Tour de la Radio. Paye pas de mine. Mais balise l'introït : enfin du qui ressemble à de la ville. Illico d'ailleurs entassée massif : gros tas métallique du Centre international des congrès, nœuds autoroutiers, blocs d'immeubles sans qualité. Échangeur, virage : Berlin !

Rathenauplatz. Carrefour. Wolf Vostell y a taillé un costume béton à des Cadillac. Ça fit râler la bagnolomanie art-modernophobe. On entre aux « Champs-Élysées » du cru, le guide le dit. Ça s'intitule Kurfürstendamm. En gros : banques et boufftance. Davantage cafés-terrasses à mesure qu'on roule vers l'est. Tiens (on croise

Lehninerplatz), la Schaubühne ! Bob Wilson, Klaus Grüber, Beno Besson, etc., on y pensera. Côté façades, ça s'empâte stucs, pilastres, clochetons cuivrés, bulles de dômes en cloque, ravalements jaune d'œuf, crème de jour ou vert poireau. À droite Uhlandstrasse, peep-shows rosâtres. Puis Fasanenstrasse, la Maison de la littérature, colloques, lectures, restau design chic. Pas loin, Savignyplatz, belles putains, librairies d'art. Puis hôtels arrogants, affiches ciné façon Grand Rex, luxe rutilant derrière les tilleuls. Pas de quoi faire bondir le cœur.

Bondit pas vraiment non plus (trop cliché, trop figé symbolique) quand se pointe, ébréchée comme prévu, la *Kaiser-Wilhelm-Gedächtniskirche* (« bon test pour l'élocution », est le commentaire signé Valère Novarina, touriste). L'église du Souvenir, dédiée à l'empereur Guillaume 1er, est aujourd'hui un chicot noirci au feu, avec ses gardes-du-corps modernes (« rouge à lèvres » et « poudrier », on dit, dit-on). Tout ça fulgure de vitraux bleu-de-Chartres. Au faîte d'un immeuble banal, derrière, tourne l'étoile Mercedes. Passons. On passe un bout de temps dans du capitale-moderne-standard. Quand même : le super-zoo, avec portique pagode chinoise. Cartouche folklo obligatoire : l'hippopotame Knautschke tapi dans la vase pour échapper à l'appétit du Berlin 45, avide, kif-kif Paris 1871, de viandes exotiques, puis rémergé maigre et devenu mascotte à marmots. Supplément culturel : 1988, Olivier Cadiot interviewa les éléphants. Puis, hop : Wittenbergplatz ! Encore un gros tas architectural gris pavoisé. Ça fleure le B.H.V. rupin. C'est le cas. Salut au *KaDeWe* !

Petite halte. Dedans, ça grouille, le Mark abonde, la charcuterie cataracte, le parfum de luxe nuage à fond, la fringue frime, le mobilier rutile et la vendeuse sue sous le fond de teint tartiné épais. Je sais à quel point on peut s'aimer maigre, miséreux et cochon, Saint-Benoît Labre puant ou ascète à côtelettes nettes, devant cette overdose de choses, cette sarabande de la bouffe obèse, cette chorégraphie rococo du décorum domestique et du cosmétique orthopédique. Mais faut voir. Humer, s'écœurer. C'est Berlin aussi. Berlin « vitrine de l'occident », comme on disait *avant*. Le Berlin consommateur, crémeux et saucissonneur. Le Berlin grand-bourgeois qui déguste sur le pouce au rayon traiteur les petits plats Bocuse. Mais aussi le Berlin basique du jarret à la choucroute, de la saucisse de foie et des Spätzle (c'est de la nouille jaunasse, hésitante et molle – Hölderlin, ça laisse songeur, s'en empiffrait en papotant, accent souabe plouc, avec Hegel ou Schelling, et sa Béatrice, mademoiselle Gontard, portait un prénom de crêpe).

Hölderlin... Tiens, association ! Antonin Artaud. Une de ses lettres écrites de Berlin dit : « l'alimentation ruisselle et il y a partout des mirages de gâteaux à la crème et de glaces surchargées de fruits ». C'était en juillet 1930. Il travaillait à Berlin sur la version allemande de *la Femme d'une nuit*, de Marcel L'Herbier. Il y rencontra Walter Ruttmann et G.W. Pabst. Celui-ci lui confia un rôle de mendiant dans *l'Opéra de quat'sous*. Il revint tourner en octobre.

Artaud habita à l'hôtel Haus-Mecklenburg, au 10 de Passauerstrasse. Cette rue longe aujourd'hui le KaDeWe. Mais plus rien à voir avec la Passauerstrasse d'Artaud, totalement rasée. Suite du parcours. On frôle la place de l'Urania. La belle courbe d'acier mathématique posée sur la pelouse est de Bernar Venet ; la mairie de Paris, Chirac *consule*, en gratifia Berlin. Au-delà, c'est Kurfürstenstrasse, le café Einstein, belle Villa rococo, ambiance viennoise un peu râpée-chic, terrasse gemütlich et studio épisodique pour talk-show TV intello. Et, la nuit, les putains court-vêtues et les seringues de la drogue sur les parkings. Quelques hectomètres plus loin, via Nollendorfplatz, Bülowstrasse et Yorckstrasse, entrée dans Kreuzberg. Ça change. À partir de Yorckstrasse, on passe dans du moins beau. Là était *l'île rouge*, le quartier communiste de l'entre-deux-guerres. Ateliers, petits commerces, vieilles bâtisses. Ponts de chemin de fer destroy. Graffitis et inscriptions sauvages à la peinture blanche. Un autre air, tout d'un coup. Plus âcre. Un autre Berlin aussi. Plus pelé-cassé. Façades plus hétéroclites. Des bouts de pauvreté, en interstices. L'industrie rude. La ferraille et l'ortie. L'humain moins savonné. Le pavé moins policé. Moins d'or à fleur de pierres. Aperçus sur stades de foot engrillagés, marchés bariolés, brocantes, arrière-cours crapoteuses. Le cœur ne bondit pas, non. Mais il se serre doucement, il sent un peu de vraie vie passer. Et la tête commence à chauffer.

À gauche, par le Mehringdamm, c'est le Landwehr Kanal. La ligne de métro n° 1 (aérienne) le longe. Voici la station Hallesches Tor. Le docteur Gottfried Benn, le poète de *Morgue*, exerçait tout près, rue Belle-Alliance. Il ne reste rien de cette rue. Tout a été démoli par les bombes. La vaste trouée du Mehringdamm a effacé les traces. Penser à Gottfried Benn, c'est faire revenir aussi le souvenir d'Else

Lasker-Schüler. Elle vécut entre 1924 et 1931 dans un hôtel de Schöneberg. Il n'en reste rien. Pas plus qu'il ne reste quoi que ce soit des cafés du Kurfürstendamm qu'elle hantait, avec Georges Heym et d'autres, du temps des revues expressionnistes *Aktion* ou *Der Sturm*. Au *Café Leon*, Nollendorf Platz, à *l'Oiseau bleu*, Golzstrasse, se réunissaient les émigrés russes des années 20 (André Biely, Alexis Tolstoï, Alexis Rémizov). Disparus, ces cafés. Plus traces des lieux où se croisaient Gorki, Maïakovski, Essenine. Ni de ceux où venaient Christopher Isherwood et Vladimir Nabokov. Plus trace, évidemment, de la *Grappe d'or*, Spittelmarkt, dont Jules Laforgue appréciait les canapés verts (du Spittelmarkt d'antan, il ne reste que la fontaine en granit brun, dite « Fontaine en chocolat »). Plus trace non plus des galeries mythiques comme *Der Sturm*, au 134 de la Potsdamerstrasse, ou *Van Diemen*, sur Unter den Linden, où El Lissitzki organisa en octobre 22 la première exposition d'art soviétique. Plus trace des cabarets du Kurfürstendamm (le *Nelson-Theater* de Hans Albers), de Tauentzienstrasse (le *Kit-Kat Club*, modèle du *Lady Windermere* d'Isherwood) ou de la Kantstrasse (le *Tingel-Tangel* de Friedrich Hollaender, où se produisait Marlene Dietrich). Plus trace de la

*Polyclinique* psychanalytique de Karl Abraham, Erich Fromm, Herbert Marcuse et Wilhelm Reich, au 29 de Potsdamerstrasse. Plus trace de l'atelier d'Ivan Pouni, Kleiststrasse, où se retrouvaient Serge Charchoune, Ivan Moholy-Nagy, Ilya Ehrenbourg. À Nikolassee on chercherait en vain les signes qui pourraient rappeler que fut fondée là, en 1918, la *République Dada* de John Heartfield, Richard Huelsenbeck, Raoul Haussmann et Walter Mehring. Et la nouvelle gare de Lehrte, au bord du Humboldthafen, conserve bien peu de souvenirs de l'ancien bâtiment où, en 1927, eut lieu une rétrospective Malevitch.

On n'en finirait pas avec cette litanie. Chausseestrasse, au 121, se dressait l'immeuble où l'avocat Karl Liebknecht avait son cabinet. La guerre l'a détruit. Certes, au 15 de la même rue, on peut visiter la maison de Bertolt Brecht. On peut aussi voir sa tombe juste à côté dans le petit cimetière de Dorotheenstadt. Lui-même, en bronze, est bien posé devant le *Berliner Ensemble*, sur la place qui porte son nom. Mais l'actuel bâtiment a été bâti à la place du *Friedrichstadtpalast*, détruit, où travaillèrent Max Reinhardt et Erwin Piscator. Quant au théâtre *Metropol*, Nollendorfplatz, où ce dernier réalisa ses mises en scène les plus novatrices, il est toujours debout, masse énorme, ravalée et assez laide – mais il abrite désormais une discothèque, après avoir été eros-center, cinéma porno, agence bancaire et magasin de fripes vendues au kilo.

N'ont pas disparu seulement les lieux et les temps d'avant-guerre. Le décor de Berlin tue vite le pittoresque patrimonial. Ainsi les « nouveaux fauves », les peintres violents de la *Heftige Malerei* des années 80, travaillaient-ils autour de Möritzplatz. On peut y aller voir, imaginer si on veut des ateliers enfiévrés. Mais la Möritzplatz n'est en fait qu'un carrefour insipide et venteux où l'on voit essentiellement des immeubles moches et des stations-service.

La *Wende* de 1989 a passé elle aussi la gomme. Les poètes underground de l'ancienne R.D.A., Jan Faktor, Bert Papenfuss, Andreas Koziol, Bernd Igel, Stefan Döring (etc.) vivaient à Prenzlauer Berg, aux alentours de Käthe-Kollwitzplatz. Ils bricolaient des revues esthétiquement confidentielles, publiaient un peu « à l'Ouest » grâce au soutien d'Oskar Pastior ou d'Elke Erb, ça faisait rentrer quelques deutsche Mark. Ils ne faisaient plus, comme leurs prédécesseurs Wolf Biermann ou Volker Braun, dans une poésie frontalement protestataire. Ils détournaient plutôt, plus subtilement, la langue des slogans officiels, les stéréotypes politiques, la doxa sociale, bricolaient ludiquement la langue dans la tradition avant-gardiste. La R.D.A., ils ne l'appelaient plus la *geôle*, mais le *sanatorium* ou le *cagibi*. On venait les rencontrer, clandestin, comme aux rendez-vous de l'armée des ombres. Pour un peu on aurait mis béret basque et brassard FTP. Et la coccinelle blanche jouait la traction noire. On discutait sévèrement poésie. On machinait des trados de contrebande, en buvant du thé russe. On se faisait des plans ersatz de samizdat. La jeune femme blonde canon, forcément, ressources mystérieuses, griffonnait dans sa jolie tête son rapport à la Stasi. Mais plusieurs des poètes aussi, on l'a su après, ça fit du bruit dans le Landerneau décillé. Poètes espions et poètes espionnés cohabitaient dans des gourbis fumeux, aux portes souvent décorées de petits billets compensateurs de l'absence de téléphone. C'était au fond des nombreuses arrière-cours d'immeubles aux façades écorchées et aux stucs en vadrouille. Voilà ces immeubles récupérés, retapés, normalisés, pimpants. On y a appendu des panneaux publicitaires. Et le quartier, désormais branché-chic, est envahi de bars, de boîtes de nuit, de restaurants bondés. Les poètes sulfureux : désulfurisés par l'ouverture des dossiers Stasi, évaporés dans la nature mercantile ou recyclés dans la poétique post-moderne (avec gloire parfois, ainsi pour Durs Grünbein, lauréat du prix Georg-Büchner en 1995).

*

* *

Berlin est un nid d'âmes mortes. Plus qu'aucune autre ville, par le fait d'une histoire passée plus violemment que nulle part ailleurs, Berlin est un feuilleté de temps résolument perdus. À la limite : rien à voir à Berlin. Rien que des restes de choses. Rome et Vienne sont sans nul doute des villes au passé, voire au passé décomposé dans l'ennui patrimonial. Paris aussi, à plus d'un titre, déjà. New York est encore une ville au présent indicatif pressé. Berlin est peut-être une ville au futur. On le dit. On fait tout, politiquement et architecturalement parlant, pour que cette ville rendue à son leadership administratif soit une sorte de laboratoire d'urbanisme futuriste. Mais Berlin est plus évidemment une ville au conditionnel passé : à Berlin on voit surtout ce qu'on aurait pu, voulu, aimé voir – et qu'on ne voit plus. Les monuments qu'on voit « en vrai » sont pour la plupart des résidus totémiques (l'église *cassée* du Ku'Damm, les restes théâtraux de la façade d'Anhalterbahnhof, les pans de murs graffités de Mühlenstrasse, les ex-ambassades auprès du Reich, en état de décrépitude avancée parmi des bouillons de buissons sales et des jonchées de gravats...). Ou bien ce sont des carcasses vidées, déplacées et re-remplies (ainsi le Music-Hall *Esplanade*, où Jacques Derrida conférença naguère sur Paul Celan devant des fresques modern style, a quitté, monté sur roulettes, l'orée de l'ancien quartier des ambassades pour se nicher dans un immeuble neuf de la Potsdamer Platz). Voire, comme c'est le cas pour une bonne partie du château de Charlottenburg, des reconstitutions façon Viollet-le-Duc, à la manière de ces sites archéologiques qu'on peut voir au Pergamonmuseum dans l'île des musées : l'autel de Pergame tout beau tout réparé, le marché de Milet remis sans complexe à neuf, la porte d'Ishtar à Babylone mieux qu'en scope Hollywood. En quoi ce musée à la fois passionnant et kitsch-péplum est comme une mise en abyme de Berlin tout entier.

Dit autrement : Rome est un cut up, un énorme collage de bribes de siècles. Manhattan est une ode musicale, l'érection à la fois sauvage et réglée d'un rêve de grandeur gris-rosé, un poème pongien orgueilleux et sériel. Berlin est un sonnet mallarméen détruit. Comme si cette ville était La Ville – en tant qu'absente de toute ville, et d'abord d'elle-même. Et comme si elle était du coup aussi une sorte de (pur) temps historique – Le Temps, absent de tout temps. L'Histoire, absente de toute (petite ou grande) histoire.

Rien à voir. Donc tout à penser, imaginer, fantasmer, regretter, désirer. On peut parcourir les rues souvent interminables et les places parfois grincheuses de Berlin comme un alignement de purs signifiants (des noms, des intitulés, des enseignes) – tout référent s'étant désastreusement absenté. Ça peut décevoir. Ceux qui viennent pour quelques jours comme on va à Florence ou à Venise sont souvent dépités. La ville ne se donne pas, rebute. Elle est immense. Le tissu urbain est souvent lâche. Les rues, larges, rectilignes, abruptement redécoupées pour le confort de la circulation auto, découragent la marche. Le réseau du métro est bien moins dense qu'à Paris, à Londres ou à Manhattan. Il faut une voiture. Mais en voiture on ne goûte rien, on ne touche rien. Il faut plutôt un vélo, c'est la bonne mesure. Pistes partout pour ça.

Et il faut du temps. De l'imprégnation. Un abandon, de la lenteur, un peu de passivité. Surtout pas trop de gourmandise touriste. Pas trop de hâte documentaire. Pas de stakhanovisme japonais. Pour que la déception vire. Et que l'instance du disparu génère, avec la petite distance auto-ironique ad hoc, ce que ça doit forcément générer : brumisation nostalgique et facile élévation au mythe (un disque des chansons « berlinoises » de Marlene Dietrich s'intitule *Mythos Berlin*). Berlin est un peu comme le Tour de France de mon enfance, celui d'avant les reportages télévisés : on ne voyait jamais rien de la course, sinon, au détour d'une route, et rarement, un passage onirique de couleurs et de chuintements de rayons parmi le vacarme des moteurs et des cris du public. En revanche, dans la presse écrite, un récit copieux, épique, toujours-déjà mythique. Et des photos sépia dans des magazines. En somme : pas ou peu de réel. D'où que ça nourrissait fort l'imaginaire. Pareil pour Berlin.

*

* *

Dire « rien à voir », bien sûr, est trop dire. C'est dire seulement qu'on ne regarde pas

Berlin comme Sienne ou Lisbonne et qu'à Berlin ce qu'on aimerait voir qui soit spécifique de *Berlin* n'est à voir que comme j'ai dit : dans la reconnaissance d'un conditionnel passé. Ce suspens, cet effacement, cette absence essentielle font en définitive la spécificité paradoxalement visible de Berlin et la capacité de cette ville à activer l'imaginaire et à impulser de la pensée (une méditation sur l'histoire, par exemple).

Parce que les « choses à voir » ne manquent bien sûr pas non plus dans cette énorme ville. N'importe quel guide apprend ce qu'il faut pour trouver ce visible. À Berlin, il y a comme partout des églises et des palais. Il y a les dômes et les colonnes de Gendarmenmarkt (et le souvenir des Huguenots émigrés à Berlin après la révocation de l'édit de Nantes). Il y a la cathédrale et le vieux musée de Schlossplatz, le château de Charlottenburg, celui, tout proche, de Sans-Souci, à Potsdam. Il y a de beaux ensembles architecturaux modernes, comme la philharmonie de Hans Sharoun, la Galerie Nationale de Mies Van der Rohe, les réalisations de l'Exposition internationale d'architecture de 1987 (Schlosstrasse, Fraenkelufer ou Rönnestrasse) ou ceux du nouveau quartier de Friedrichstrasse. Il y a de ravageants cimetières comme le cimetière juif de Weissensee, avec ses milliers de tombes noyées sous le lierre, bousculées par les racines et les troncs, fendues par la poussée de végétations que ne combat aucune piété familiale (car les familles ont été exterminées ou ont émigré – et l'émotion empoigne à lire le défilé des noms qui sont autant de noms de martyrs de la Shoah).

Et il y a des dizaines de musées : le petit musée égyptien de Charlottenburg (Nefertiti en buste, coiffe trop lourde sur cou modiglianesque, merveille d'équilibre paradoxal) ; Dahlem (l'ethnographie dans tous ses états) ; Charlottenburg (on peut se passer de l'argenterie du Kronprinz, mais il y a les plus beaux Watteau du monde et, dans la galerie du Romantisme, la plupart des Caspar-David Friedrich existants) ; le Kulturforum tout neuf de Potsdamerplatz (la fine fleur de la peinture – pas vraiment le Louvre, mais pas loin, avec, entre autres, deux Vermeer poignants de douceur tremblante et le fabuleux Pas-de-Rembrandt *Homme au Casque d'or*) ; la Nouvelle Galerie nationale (Munch, Ernst, Kokoschka, Beckmann, Dix...) ; le petit musée du *Brücke* tapi sous les pins (Nolde, Kirchner, Heckel, Pechstein...) ; la gare de Hambourg (l'art contemporain : Beuys,

Richter, Lüpertz, Kiefer...). Et des musées d'histoire (celui de l'histoire allemande, au Zeughaus, l'exposition *Topographie de la Terreur*, Nieder-Kirchnerstrasse, là où se trouvait le siège de la Gestapo). Des musées de l'artisanat, de la technique, etc. Et même, à Marzahn, un surexcitant musée de la Coiffure. Et cetera.

*

* *

Redémarrage. À partir d'Hallesches Tor, via Prinzenstrasse et Oranienstrasse, c'est le cœur du Kreuzberg des squats, des communautés alternatives, des boîtes rock hard, des galeries et des bars branchés mais aussi des épiceries, des banques, des marchés et des bistrots turcs. Ça bouge beaucoup, là, comme on dit. Le Kreuzberg outlaw, bigarré et dépenaillé d'avant la Wende résiste à la normalisation chic façon Bastille parisienne. Mais le combat, sans doute, est déjà perdu. Âmes mortes aussi, là, beaucoup. Mort de l'âme d'un quartier profusément riche d'âme dans ses misères.

En tout cas voici, encore baignée de cette âme-là, la Mariannenplatz. Vaste esplanade gazonnée, arbres et buissons. Pas loin : bâtisses démantibulées, graffitis, fresques. Derrière : la tranchée visible de l'ex-no man's land. Le long de l'esplanade : l'ex-hôpital de Béthanie (aujourd'hui centre culturel). Au fond : les briques rouges de l'église Saint-Thomas. Entre les deux un pré où l'été on projette des films en plein air. Dans les recoins de l'hôpital, entre les taillis, un beau capharnaüm de décharges ou de brocantes, des salons de plein air bricolés pour palabres turques au thé à la menthe, des campements alternatifs (roulottes, totems, petit bétail vagant, punkettes en collants savamment déchirés et pâtres citadins à longs poils). À l'autre bout : le monument aux soldats du feu, qui manient des lances serpentines, entre lesquels s'asticotent des enfants de nationalités manifestement variées. Pas martiaux, les quatre ou cinq pompiers statufiés. Assez zigotos. Genre mirliflores en goguette, gros pifs commedia del'arte et grandes godasses clownesques. Ça change des poètes pensifs, des penseurs sombres, des Grands électeurs à dada ou des vieux maréchaux à favoris (comme ceux de la Grande-Étoile). On peut se poser là un peu. Et écluser une bière, une grande, une *Weizen* citronnée.

*

*   *

On repart. Vers Hauptbahnhof, par-dessus la Spree. On longe, sur la Mühlenstrasse, quelques hectomètres peinturlurés de l'ancien mur. On file vers Treptow. Retraversée de la Spree. Cheminées, usines, pavés, tramways grinçants. Un grand parc le long d'une avenue bordée de demeures ex-patriciennes, soutaches de stucs flapis mais néo-toilettage crémeux. Stop. Un arc triomphal affiche du cyrillique. Du bâton latin nous traduit la chose en langue teutonne. *Gloire aux héros de l'Armée rouge*, en gros, ça nous dit. C'est le Mémorial soviétique. Allées vastes comme des pistes d'aéroport. Esplanade plus grande que devant le palais roumain de Ceaucescu. Drapeaux en marbre forcément rouge, en rideau ouvert sur un escalier Cecil B. De Mille. Perspective sur, au fond, un tumulus himalayen coiffé d'une statue tête dans les étoiles. Ça pourrait être King Kong sur l'Empire State Building ou la Statue de la Liberté rentrée en pantalon au bercail européen. Mais c'est seulement un militaire en bronze, très grand, très mollet tendu. Paternel aussi, car un enfant tendre occupe son bras. L'autre bras découpe au glaive vengeur l'hydre du fascisme qui bave à sa botte. C'est kolossal comme du Arno Breker, hymnique comme dans *les Dieux du Stade*, aussi morbide qu'à l'ossuaire de Douaumont. Et c'est dérisoirement poignant de déclarativité kitsch. De chaque côté de la perspective, une série rythmée de panneaux de pierre propose des bas-reliefs héroïques. Marins, aviateurs, tankistes, partisans, mères éplorées, martyrs bolcheviks et Sainte Russie, chacun sa vignette hyperbolique. Les bulles en reliefs sculptés disent en russe et en allemand la gloire des soldats soviétiques et celle du camarade Staline. Voilà de l'histoire en bloc congelé. C'est chromo, violent, laid. C'est du deuil, de la pulsion de mort érigée, de l'inquiétante étrangeté brute de décoffrage. Ça angoisse et ça fascine. Ça génère pas mal de malaise.

On baisse un peu le nez, on se replie sur des pensées blessées, on ravale sa goutte d'amertume. Traversée du champ d'honneur. Vives sensations des pertes, des errances, des gâchis. Re-arc monumental, buissons, beaux arbres. Après, le bord de Spree. Elle s'élargit, c'est presque un lac. Gazons et bancs au bord de l'eau. Passage des vélos. Gambades d'enfants blonds. Bateaux blancs. Guinguette-restaurant. *Zenner Haus*, dit l'enseigne sur l'imposante façade. Accordéon. Crooner gommeux façon Casanova de Seine-et-Oise. Foule endimanchée. On boit dans une coupe large une Berliner Weisse, ancestrale, acide, adoucie d'un jet de sirop (rouge : framboise, vert : asperula). Des dames en robe vichy et des messieurs à bretelles, voire à culotte de cuir, gambillent sur un parquet lino. C'est tendre et vieillot. Ça vient d'assez loin avant. D'avant quoi ? D'avant la Wende, c'est sûr. De plus loin même sûrement. Ces visages égayés par la parenthèse dominicale, ces corps savonnés, eau-de-toilettés, mais fatigués aussi, marqués, patinés, qu'ont-ils traversé ? Furent-ils enfants berlinois blottis dans des caves et assourdis par les bombes déversées en tapis sur la capitale du Reich ? galopins jouant en 45 sur les gravats ? morveux pendus au basques de leurs mères Trümmelfrauen (les déblayeuses de ruine) ? puis ados enrégimentés dans la Jeunesse allemande libre ? espoirs en culotte courte et chemise bleu roi du lumineux Avenir planifié R.D.A. ? conducteurs pour rire du petit Train des Pionniers qui traversait pas loin le parc de Plänterwald, plus décoré de banderoles triomphalistes que les trains bolcheviks de 1918 ? enfin *ossies* banals, noyés dans la grisaille du socialisme réel ? ou privilégiés lourdement médaillés de la Nomenklatura du régime ? La bière fait ses bulles, les questions aussi. Berlin ne laisse jamais le cerveau historique en paix.

*
* *

Si un peu de temps, un peu de courage encore, on reprendrait la route. On hésiterait à faire un saut au Tierpark, pas loin, à Lichtenberg. C'était le zoo de Berlin-Est. Valait pas (vaut pas) celui de Bahnhof Zoo. Mais pittoresque, plus, dans son aridité. Espaces vastes, enclos vides et bêtes rares. Rares, certes, mais consciencieusement socialistes. Cochons, oui, mais du Vietnam ; tigres, oui, mais de Sibérie ; antilopes, oui, mais du Congo démocratique ; roussettes, oui, mais de Cuba. Etc. On choisirait plutôt la route de Köpenick, pour un pèlerinage au Müggelsee, le plus grand lac de Berlin. Encore une bière à l'Hôtel Seehof, pour plan panorama sur l'étendue douce-grise-ronde du lac et la forêt autour. On se rappellerait que là était naguère, fondée en 1913, la colonie ouvrière de *Kuhle Wampe*, sa centaine de tentes et son utopie phalanstérienne. On évoquerait le film réalisé à son propos en 1932 par Slatan Düdow sur un scénario de Brecht et dans lequel chante Hélène Weigel.

Et on raconterait à la dame aimée, un peu fatiguée derrière sa bière par la journée pérégrinatrice, quelques anecdotes pour voir son sourire. Par exemple celle-ci. C'est fin 80. On a passé avec papiers ad hoc tamponnés-visés le glauque Checkpoint Charlie. Au Zentrum, austère prisunic mononumental d'Alexanderplatz, on s'est acheté, car on oublia d'apporter le sien, un caleçon de bain modèle Moscou-Goum, c'est-à-dire pas gai et bien remonté jusques aux aisselles. Alors on file, soleil, chaleur, lumière d'été, kling-kling pavés + rails de tramway, jusqu'aux rives du Müggelsee. On repère une plage. Gasp ! tout le monde tout nu. C'est la R.D.A., on suit la ligne juste, hop, on pose culotte. Le maillot Goum fait la gueule au fond du sac balnéaire. Tant pis. On risque un orteil dans l'eau, prudemment. Prudemment car pas un pékin au bain. À partir du genou, un *Nein*! pas baisant alpague l'entreprise. L'interjection vient d'un gros roux velu à petite quéquette, l'index aux nimbus. Verboten la trempette, on pige, car orage menace. On est confus. On se confond. On tremble d'avoir failli transgresser la norme écolosocialiste. On regrettera longtemps le bain pas pris dans le mythique Müggelsee de *Kuhle Wampe*.

DEUXIÈME MOUVEMENT

## Douceur de Berlin

Pourquoi, si on n'y est contraint par le gagne-pain, vit-on dans les grandes villes violentes ? Sinon pour y connaître sensuellement l'épaisseur physique, imagée, architecturale, politique, sexuelle des contradictions de la vie vivante (de la vie justement volubile, malade, conflictuelle, désirante, angoissée : de la vie jouissive).

On ne va pas vivre dans les grandes villes pour seulement s'y identifier à la manie activiste des tintamarres, des fureurs, des spectacles éclatants. On y cherche l'inquiétante étrangeté qui passe entre le raffinement civilisé (vie culturelle branchée, tourbillon des distractions, pointes alertées du débat politique), la circulation sauvage des haines, des ambitions, des conflits sociaux et l'indifférence méditative aux rumeurs du temps, la taciturnité créative protégée des bavardages mondains. On y veut la solitude énormément peuplée, la brutalité des hordes enbétonnées. On veut aussi, visible, disponible, sa sublimation symbolique (musiques, films, livres). Et on y veut en plus une manière d'aménité conviviale, un charme, une saveur tendre. On s'y pose donc pour y tremper son âme et son corps à la contradiction inarraisonnable entre dépense trépidante et calcul des rétentions économiques – c'est-à-dire qu'on vient y souffrir et y jouir de cette tension impossible dont se bande la vie.

En somme on va renifler en ville l'odeur d'humanité. Elle est capiteuse. Souvent elle est rance aussi. On espère respirer mieux. Et voici qu'on aime surtout en ville ce qui n'est pas la ville : des verdures crayonnées, des herbiers esquissés, des ersatz parcimonieux de taillis et de mares, des rives vaguement préservées du pavé. Un peu de symbolique campagne, donc. Pourquoi alors pas la vraie ? D'où qu'on s'exclame, presque hébété d'un désir imprévu : fuir là-bas, fuir ! Mais en la vraie ruralité, c'est vite, on le sait, l'emmerdement digestif du monde muet, l'horticulture pour rire, une léthargie contaminée par les végétations passives et les bêtes sommaires. En bref : la pulsion de mort rampant parmi les extases botaniques. Alors on cuve un désir de tintamarres, de saletés, de souffleries viciées, de promiscuités frivoles, de paroles bistrotières, de chaufferie sexuelle louche sous l'agressivité des néons. Banalités, certes. Mais pas mauvaises à se redire quand on s'inquiète de n'être bien nulle part c'est-à-dire quand on s'étonne d'être humain : séparé, à jamais écartelé. Et quand on se demande pourquoi on peut ne pas se sentir mal à Berlin, où ça sépare et écarlèle violent.

*

* *

Céline disait : « Pluie, soleil ou neige, Berlin a jamais fait rire personne. » Il se trompait. Il était tout entier à sa rage de « noircir ». Son génie sarcastique l'emportait. Il se savait cerné de partout par le grouillement des rats dans le navire nazi en perdition. Sa tête était encore pleine d'un fracas d'apocalypse, son corps replié dans les bunkers de la capitale écrabouillée, ses membres gelés par les bises de l'aride plaine brandebourgeoise de *Nord*.

Pas de quoi rire, certes. Ils sont nombreux, ceux qui n'ont pas ri. Il y a une tradition déprimée (quand ce n'est pas cruelle et sanglante) dans la littérature qu'a inspirée cette ville. Déjà Jules Laforgue, précepteur de l'Impératrice, au

Prinzessinen-Palais, vers 1885 : « De la neige, de la boue... Des ciels gnian-gnian ; les Linden continuant à n'être de plus en plus que Linden. » Ou bien : « J'en ai assez. La perspective de repasser un autre hiver ici me pousserait des fois à m'en aller chez les mormons. » Verdict : « Vous rêvez de Berlin... Malheureux ! » Et, il y a peu, Jean-Yves Cendrey, dans *Oublier Berlin*, parle surtout des « si souvent moroses rues de Berlin », « des étendues de n'importe quoi », d'un « univers âpre et monotone ». Quant au Franz Biberkopf de Döblin (dans *Berlin Alexanderplatz*), il ne vit pas, c'est le moins qu'on puisse dire, dans une ville charmante. Les poèmes de Gottfried Benn, médecin à Berlin dans les années 30, évoquent surtout des « espaces qui damnent », des « terres crispées » et des « tanières à l'odeur de moisi ». Et un poème de Bertolt Brecht dit : « Au-dessous d'elle des égouts/ À l'intérieur il n'y a rien et au-dessus de la fumée./ Nous avons vécu là-dedans. Nous n'avons joui de rien./ Nous nous sommes vite en allés. » Quant au rock des berlinois, natifs (Nina Hagen) ou de provisoire adoption (Lou Reed), il résonne du son lourd, métallique, à la fois vociférant et bétonné, d'une métropole sans aménité.

Pourtant on a beaucoup ri aussi, à Berlin. Et pas seulement du rire grinçant des cabarets satiriques de l'entre-deux-guerres (du temps de Walter Mehring, de Kurt Tucholsky, d'Ernst Busch, de Werner Finck au *Kleines Theater* ). Pas seulement non plus du rire jaune des désespoirs politiques tournés en auto-dérision. Parce qu'il y a le rire, aussi, en tout cas le sourire, du goût de vivre dans un espace urbain délicieusement habitable. La chanson de variété populaire chante ça, à Berlin comme à Joinville-le-Pont (pon-pon). Canotage, pédalos et amourettes. Vin blanc de Moselle sous les tonnelles. Bastringue sous les frondaisons gaies. Marlene Dietrich y a posé la gravité acérée de sa voix. Et la grande Zarah Leander, dans les années d'avant-guerre, en a nourri sa goualante, pourtant aussi volontiers misérabiliste que celle d'Édith Piaf.

Bien sûr on peut bêtifier à l'envi, là-dessus. Salut à Berlin l'Enchanteur. Les lacs ! les plages ! les forêts ! ô nature, ô mère allemande ! Prosit, Berlin l'humide (c'est l'origine dit-on du nom de la ville), la ville riviéreuse, promeneuse, balnéaire, hygiénique : vraie ! salubre ! Autant de propos d'apéro. Des soupirs yeux blancs de dîner en ville. Des extases de bistrot. La prose-sirop des guides touristiques. On peut sacrifier à ça. On peut même, dans la foulée, se retrouver à cavaler choral sur des berges ou des sentiers, en Nike et survêt fluo, la tête obturée d'un songe de sauna, parmi une meute de trottineurs à gourmette et de surfeuses bodybuildinguées façon Californie. Il y a ça, oui, à Berlin. Il y a ça comme à Central Park ou au Bois de Vincennes. Ni plus ni moins. Pas plus aimable, pas moins ridicule à Tiergarten qu'à Manhattan, à Treptow qu'à Boulogne.

Berlin cultive le vieux rêve d'une ville construite à la campagne ou d'une campagne réimplantée en douce au cœur de l'inhumaine cité. Ce rêve y est sans doute plus vif qu'ailleurs. Il est d'abord avivé par les vibrations dont tremble le cœur allemand dès que passe à sa portée l'onde du mot *nature* (même les nazis avaient des ébullitions d'âme en masticant ce mot magique). Et il est clair qu'il tire sa force du fait que cette ville fut naguère quasi rasée par les puissances de l'âge technologique résumées dans le feu et l'acier des armes modernes ; qu'elle fut rebâtie dans la hâte nécessaire des anarchies architecturales ; puis qu'on l'enferma pendant quarante ans dans le carcan claustrophobique du Mur qui l'isolait des adorables contaminations de l'espace rural.

*

* *

Donc de l'eau, oui, des plages. L'été, Berlin s'aime adamique sur du sable ou de l'herbe. D'où beaucoup de viande rose aux bords des lacs naturistes (Plötzensee, Halensee, Teufelsee au pied du Teufelsberg – la Montagne du Diable, amas de décombres entassés là après la guerre, et où l'hiver on skie). Voire sur le gazon des jardins et des parcs, en pleine ville (Hasenheide, Tiergarten). Les chairs s'écroulent pas mal. Les fesses sont pâles, les ventres révèlent la bière et la saucisse, les messieurs portent tatouages et les jeunes dames ont le poil aux pattes féministe.

Il y a même des pâtis et des champs. Avec des fermes bichonnées comme des conservatoires de la vie agreste. L'exemplaire paysan. Le laboureur éthique. Le cœur bucolique frais. Les pieds vierges en sabots. *O fortunatos nimium agricolas !* Et la mangeaille saine. Pain noir hypercomplet et jus de rhubarbe trouble pour les citadins MacDonaldisés. Cochons propres et dindons vénérables pour l'édification écologique des enfants du bitume. Ça guette partout, à Berlin, le revival patriarcal, la nostalgie des dignités terriennes. Et la verdure, l'authentique graminée, l'arbre sacré, le tilleul romantique. Pas moyen d'inhaler longtemps en paix les mauvaises vapeurs de l'industrie et des autos. On est sommé de s'enraciner et de s'oxygéner. Ça n'empêche ni une rude pollution, ni les alertes au smog (trois niveaux, au dernier on est policièrement reclus dans l'asphyxie). Ni qu'on sache bien que ce qu'on appelle en Allemagne « forêts », c'est plutôt, quelles qu'en soient l'étendue, la profondeur et la richesse en essences, des manières de parcs peignés et pasteurisés, pas si « nature » en tout cas qu'on voudrait faire croire.

Tout cela est vrai. Et peut bassiner. Sauf que le propos inverse est tout aussi cliché. Berlin morose, la cloche à Hauptbahnhof, les rues interminablement grises, les ferrailles hostiles du métro aérien, l'architecture bâclée, la conurbation claustrophobique. Berlin Bronx. La ville fébrile qui crie, comme dit un poème de Walter Mehring : « Pas de temps ! pas de temps ! pas de temps ! » La ville glaciale, laide, rouillée, ravagée, saturée de bagnoles, de camions, de trains. La ville fliquée, gavée de misères et de violences. L'industrie cacophonique. Et les immensités clapières de Marzahn ou du Märkisches Viertel. Berlin Sarcelles ou La Courneuve. Berlin banlieues moscovites. Berlin *borgate* romaines. C'est vrai aussi. Berlin génère tant qu'on veut ces clichés.

*
* *

Faut faire avec. Et se laisser aller, quoi faire d'autre, à la petite sensation. Vivre dans cette ville, avec cette ville. Sans se laisser trop impressionner par l'imagerie alternativement angoissée et lénifiante qu'imposent l'histoire, l'idéologie, la politique, l'utopie écologique ou, simplement, le désir touristique de trouver en cette ville les pittoresques images en question, toujours-déjà légendées, glacées et classées.

Il y a une *douceur* de Berlin. Elle est d'abord fille, c'est forcé, de cette trame lâche de lacs, de plages et de vastes parcs dont le cliché écologico-touristique s'empare sans en réduire la séduction. À Berlin, nouée à l'immensité du cadastre, cette trame aère le réseau claustral, délie la densité ahurie du trafic et apaise la précipitation des activités urbaines. C'est indéniable, évident.

Cette douceur est une respiration obstinément indifférente aux meurtrissures de l'histoire, aux ruines de la ville écrasée, aux fracas industrieux, aux activismes empressés, aux vulgarités et aux bariolages de la Babylone opulente. Par exemple d'abord (coup d'œil à l'intérieur), on est à Schöneberg ou à Kreuzberg, dans un appartement ancien, Altbau Wohnung (il en reste, et rien à voir avec les prix parisiens). Dehors, l'hiver est sévère, surtout question pas-de-lumière. Neige, pas trop. Gel, oui. Pas la Sibérie quand même. Mais l'enfoncement brutal du chapeau de nuit, à 3 p.m., ça peut rendre le bonhomme rogue derrière son cache-nez. Dedans, c'est confort, *gemütlich*. On a découpé deux ou trois pièces dans un grand appartement d'angle du Berlin wilhelmien. Plafonds hauts, stucs, épais parquets cirés, lourdes portes, doubles fenêtres pour narguer la bise. Les cloisons sont blanc-banal-chic. Il y a entre chaque pièce un ressaut de bois pas très pratique pour l'aspiro. La cuisine est vaste comme une usine parce que la ménagère prussienne ménageait beaucoup et que la moderne aime avoir la place pour ses plantations écolo en pots. Le bout de couloir dit Mädchenzimmer (chambre de bonne) a été amputé d'une moitié pour faire une salle d'eau mais on peut y faire un bureau cosy si on n'écarte pas trop les coudes en tapant sur le Mac. Et les poêles plus-typiques-tu-meurs en faïence vernissée, grands comme des armoires, n'attendent que quatre bouts de bois pour chauffer lent et doux. On peut vivre, là.

Ou bien (coup d'œil à l'extérieur), on prend un petit déjeuner volumineux (charcuterie, œufs, fromage, fruits et cruche de café clair) dans un Kneipe (bistrot) de Heinrichplatz, de Paul-Lincke Ufer ou de Südstern. C'est convivial et courtois. Volontiers aussi contre-culturel et cosmopolite, avec clientèle gentiment baba ou noir-intello-standard ou tout-cuir-motard ou post-punk-sévèrement-piercé. Il y a des jeux pour les enfants, des journaux en aile de chauve-souris sur leur bâton ciré et d'innombrables prospectus pour les spectacles de la « scène » marginale. Par exemple ceux du Mehringhof, Gneisenaustrasse, où « grouille, comme on dit dans les guides, la faune alternative berlinoise ». Pas mal non plus. On peut s'attarder.

Ou bien, dans cette ville où travaillent encore Wim Wenders ou Volker Schlöndorff, dans cette ville qui conserve forcément le souvenir de l'UFA, de Fritz Lang, de Murnau, de Pabst, de Lubitsch, de Max Reinhardt, de Sternberg (tous ont tourné à Berlin), dans cette ville où l'on peut aujourd'hui visiter les historiques studios de Babelsberg, on va la chercher, cette douceur, au creux des sièges démantibulés d'un cinéma désuet. Pas les parkings box-office genre *Zoopalast*. Ni les halls pour plénum comité central de Karl-Marx-Allee (le *Kosmos*). Plutôt l'*Arsenal* (à Schöneberg), où la Cinémathèque allemande organisait des projections et qui déménage dans l'immeuble Sony, Potsdamer Platz ; ou la *UFA Fabrik* (Viktoriastrasse) établie dans les anciens studios UFA ; ou l'antique *Moviemento* (Kottbusser-damm) ; ou le *Sputnik* (à Wedding) ; ou le *Xenon* (Kolonnenstrasse). J'aimais beaucoup, naguère, le *Thalia*, Treptowerstrasse : des lampes de chevet cosy ornaient chaque siège et un cendrier tentateur était encastré dans l'accoudoir. Mais celui qu'élit la nostalgie est un placard exigu et poussiéreux, précédé d'un cagibi bourré de vieilles caméras, de jouets démantibulés, d'affiches jaunies et de boîtes à films. Il s'intitule *Berliner Kinomuseum*. C'est sur la Grossbeerenstrasse, à Kreuzberg. On traverse le cagibi, on s'installe dans le placard. Un énigmatique combiné téléphonique est appendu au chambranle de la porte par où l'on passe de la salle aux toilettes (s'agit-il de convoquer, les lumières s'éteignant, les pisseurs prostatiques ou distraits ?). Un vieil opérateur ridé, gominé et élégamment enfoulardé repasse en boucle *M. le Maudit*, *Mabuse le Joueur*, *Metropolis*, *la Rue sans Joie*, *le Mécano de la General* ou des Walt Disney de haute époque, c'est-à-dire d'avant la couleur et le déclin vériste du cartoon. Pour les programmes, c'est dans *Zitty* ou dans *Tip*, obèses guides des spectacles de la scène berlinoise.

Et puis il y a l'herbe froide, sous des ombres de pins, de chênes et de tilleuls, au bord d'un lac, Lietzensee à Charlottenburg ou Schlachtensee à Zehlendorf, ouvert soudain dans le tissu urbain ou incisé dans la coulée d'une forêt elle-même insinuée dans l'opacité des architectures. Les grenouilles de juin coassent dans les étangs de Glienicke. L'air doux coule sur les berges, entre les joggers fluo, les cyclistes sereins, les pique-niques familiaux et le débordement abdominal des bières. Canards, barques, baigneurs. Et la matière pâle des lumières vannées par les feuilles. Ça fait danser un temps un peu hors du temps.

Dans ces enclaves, on est loin des images morbides de Berlin : les enfants perdus de Bahnhof-Zoo, Christiane F., la drogue, le sexe SM cuirassé lourdaud, les ruines poignantes, la misère matérielle, psychologique, sexuelle qui déborde des arrière-cours de Wedding ou de Berlin-Mitte, l'omniprésence policière, la ruée arrogante des berlines beauf, les éclats, plus violents certainement que naguère même si moins sans doute que jadis, de la haine xénophobe et raciste, les croix de bois des fugitifs tués par les Vopos, la violence matamoresque, dans les rues de Kreuzberg, des défilés (drapeaux rouges, chants révolutionnaires au mégaphone, encadrement fliqué) du parti communiste kurde.

Tout cela est là, derrière, jamais effaçable. Au-delà des rideaux de pins et de bouleaux, on entend le grondement de la ville, vague mais présent, lourd, implacable. Estompé, oui, par la respiration lacustre. Et pourtant imminent, obsédant. Et du coup désirable à son tour – d'être le cerne de vitalité maladive et furieuse qui délimite cette manière d'exception nostalgique qu'ouvre la parenthèse sylvestre.

*

*   *

La douceur de cette ville, le printemps continental la fait rayonner avec une triomphale volubilité. Nous sommes accoutumés, dans les villes océaniques, à des printemps progressifs, hésitants, palinodiques. Ils ne s'imposent que lentement. Ils font des pauses, des retours en arrière dans l'hiver, des petits bonds pré-estivaux précautionneux et vite remis au pas, des entrechats dans du climat mixte, de la saison sans nom, une bouillie de pluies froides, de soleil déjà tiède, de brumes résiduelles et de végétations anticipées. À Rome : rien, ou presque. Je m'en souviens, je n'aimais guère cela (« Trop de Nord en moi », comme disait André Breton) ; la végétation (résineux et chênes verts) change à peine ; on passe d'une humidité vaguement fraîche à une moiteur vaguement tiède, sans guère percevoir le passage.

À Berlin : éclat soudain, déclaration tonitruante. Ça surgit brutalement, en quelques jours. C'est un virage subit, un arrachement d'un coup à l'hiver long, sombre, venteux, froid. Une sorte d'enthousiasme feuillu-fleuri déboule d'un coup. Grand galop des bourgeonnements. Dépliements feuillus comme dans un film accéléré. Succession emphatique des floraisons. Ébullition délirante des marronniers blancs ou roses. Le grand ciel hivernal vide s'encombre soudain de feuilles et d'oiseaux, sa texture lumineuse se nuance violemment, une pâte exubérante de verdures acharnées à tout empêtrer de joie malaxe les vieilles nuées aigres et épaissit sensuellement l'air. C'est la *matière* du printemps berlinois : une texture, une chair, une peau, une densité pneumatique, sensuelle, sapide. En tout cas quelque chose de tangible : un firmament neuf. Et la douceur, immédiatement, des grands parcs et des innombrables jardins d'enfants.

*
* *

C'est le 30 avril 1986. Hiver à peine fini (la neige était là encore il y a quelques jours) – mais déjà chassé à grands coups de soleil vif, d'air gai, de fusées dépliées-fleuries hors des cocons et des boutons. Petit Français écologiquement irresponsable et peu capable de croire au danger chimique invisible, je nargue naïvement les nuées riches en becquerels poussées jusqu'à Berlin par les vents de la steppe après l'explosion de Tchernobyl (25 avril) : je me baigne dans l'eau encore glacée du lac de Plötzensee, à Reinickendorf. Le sable de la plage retient encore le froid, la neige, la brume grise. Mais il s'attiédit d'une sorte de rumeur tendre. L'eau embrasse cette rumeur qui sature peu à peu l'atmosphère. La bière est claire et calme sur la table de bois d'un Kneipe tout proche. Les saucisses grillent à l'étal d'un Imbiss. Déboulé des vélos en troupeaux paisibles. Les autos, soudain plus nombreuses et plus décapotées, affluent. Dedans, les gens, à peine désemmitouflés des langes hivernaux, se déguisent en quelques jours en estivants dépoitraillés. On voit refleurir les tatouages. Les seins des filles tressautent sous des T-shirts vagues. Les cuisses s'aèrent. Dans les immenses Laubenkolonien (sortes de jardins ouvriers) qui parsèment la ville (80 000 parcelles – pas seulement à la périphérie mais un peu partout le long des voies du

S-Bahn), les jardiniers amateurs en short se remettent à jouer du plantoir, du sécateur et du rateau (et de l'ouvre-bock de bière). On vaque aux carrés des plantations utiles. Et on entend quasi chanter l'hymne enthousiaste graffité pas loin : « Ja zum Grün ! » (« Oui au vert ! »). Dévalées des terrasses sur les trottoirs il y a peu noircis de neiges sales, de lambeaux de glaces, de poussières graissées, d'eaux douteuses. Sur les plages de Wannsee, les corps nus devancent imprudemment, un peu picotés encore, faut le dire, d'inévitables chairs de poules, la venue, déjà imminente, des canicules du pesant juin continental. Effervescence sexuelle endémique, partout. Pour un peu on fredonnerait la chanson de *Kuhle Wampe* : « Chaque printemps / ravive le jeu des sexes / Les amants se retrouvent... », etc. Ce printemps d'autant plus incontinent et bavard qu'il se sait fugace fait dégorger dans la ville des corps voluptueux, une matière de corps enrobés dans la douceur des feuillaisons neuves. Ça dure peu. Vite : lourdeur orageuse, pesée des chaleurs, assombrissement des verts. Et c'est l'été, souvent étouffant, assez souvent pluvieux, mal aéré. Mais ce passage vif de quelques cursives semaines fait exhaler des murs de la ville l'énorme douceur dont elle est grosse. Et qui y fait souvent la vie charmante.

*
* *

Alors, *Schöneberg, Monat Mai* ou Köpenick au mois d'août, on nage, décomplexé de toute pudeur idéologique, dans cette douceur évidée. *Lumières pour enfants*, comme disait Walter Benjamin, au souvenir de ses jeunes années berlinoises. Ou, après un renoirien déjeuner sur l'herbe, l'air gobé à ras de l'eau où l'on fait une brasse sommaire – la douceur du *Berliner Luft, Luft, Luft* (l'air de Berlin) que chantait Marlene Dietrich. Ce n'est pas qu'attendrissement béat, pur cliché de fadeur touristique. Parce que ça n'efface rien de la brutalité cacophonique et vivante de la ville : elle est à portée, écrin et ceinture ; elle surplombe, menace, séduit, contient et lie la douceur qui est aussi en son cœur.

Et il y a, pas loin, un vélo, lui-même paresseusement casable dans un métro (le U-Bahn berlinois, en ses ultimes wagons, prévoit ce cas écologique). À l'allure tranquille duquel on rejoint, par des pistes insolemment dédaigneuses aussi bien du piaffement des autos que de l'agitation fulminante des parapluies des grands-mères attentives au respect des passages cloutés, la vraie, l'absolument moderne, la bruyamment active, la calamiteusement stressante mais voluptueusement cacophonique vie.

« On ne jouit, disait Kierkegaard, que dans un brouhaha éternel. » Mais l'éternel brouhaha de la Grande-Ville symphonique (je me rappelle le fameux film de Walter Ruttmann : *Berlin, Symphonie d'une grande ville*, 1927) ne se perçoit et ne fait jouir que s'il inclut ses pauses et ses silences. Le tumulte de Berlin fait jouir parce que pauses et silences contrapunctiques y sont plus longs, plus denses, plus doux sans doute qu'ailleurs.

## Violences, violence

Bien sûr je n'ignore pas que le fantasme d'un Berlin provincial, forestier et patriarcal était celui de Goebbels quand il tonnait contre la « Babylone rouge » et rêvait de purifier de ses corruptions la capitale cosmopolite et « hydrocéphale ». Ce ne fut pas seulement un rêve, hélas. Ce fut aussi un drame réel. Et ce rêve s'accommoda paradoxalement de la mégalomanie architecturale du Führer lançant Albert Speer dans le projet monumental de *Germania*.

Je n'ignore pas non plus qu'Heinrich von Kleist se suicida avec son amie Henriette Vogel dans ce lac où je barbote en slip estival. Je n'ignore pas qu'après les boucheries d'Iéna et d'Auerstaedt, le *Zeitgeist* (comme le vit Hegel) passa sur son cheval sanglant le long de ce château de Charlottenburg où j'admire des peintures essentielles de Watteau ; qu'il installa ses soudards pas loin, à Westend, dans un camp fugitivement nommé *Napoleonsburg*, et que la Grande Armée ponctionna joyeusement, c'est-à-dire brutalement, l'habitant prussien.

Je sais surtout que sur les eaux de ce canal le long duquel je fais ma promenade digestive flotta le corps martyrisé de Rosa Luxembourg. Je sais que dans cette villa, au bord du lac de Wannsee, voisine de celle où je discute littérature avec Oskar Pastior, Andrea Zanzotto ou Helmut Heissenbüttel, des fonctionnaires zélés organisèrent méticuleusement la « solution finale » ; et que les premiers convois quittèrent la gare de Grunewald en octobre 41. Je sais qu'il y avait une prison de la Gestapo, la Columbia-Haus, à proximité de cette église villageoise de Alt Mariendorf. Je sais qu'on y tortura et qu'on y tua. Je sais que ces rues pittoresques de Köpenick où je déambule après le bain dans le Müggelsee, sont celles où les nazis, en juin 33, assassinaient communistes et socio-démocrates. Je sais que le fou dangereux qu'était Rudolf Hess cultivait encore son jardin, à la fin des années 80, dans la cour de cette citadelle de Spandau devant laquelle j'assistais, badaud banal, à des joutes navales (perruques de paille et casques à cornes pour des vikings d'opérette). Je sais que la plage F.K.K. (naturiste) du Plötzensee s'étale à l'ombre d'un mémorial qui rappelle que la prison située à cet emplacement vit l'exécution de 1500 opposants au régime hitlérien. Je sais que le joli jardin de Steinplatz, face à l'Académie des beaux-arts, cache sous ses verdures une petite stèle qui marque l'emplacement de la synagogue brûlée en 1933. Je sais que près de Hackescher Markt, où je loue un VTT de pointe pour une virée dans Berlin-Mitte, ces façades criblées d'impacts de balles, ces arrière-cours squattées, ces murs graffités étaient ceux de l'ancien quartier juif ; que les trottoirs, en novembre 38, y étaient jonchés des éclats de la Nuit de cristal ; que la grande synagogue d'Oranienburgstrasse, aujourd'hui restaurée et cernée par des cafés chics, fut incendiée ; et que cinquante mille juifs berlinois, souvent venus de ce quartier, moururent dans les camps. Je sais que quand je traverse à vélo l'espace qui s'étend, au bout d'Unter den Linden, devant la vieille bibliothèque, je roule sur les dalles où l'on brûla en mai 1933, sous les vivats des étudiants, vingt mille livres « non-allemands » (dont ceux d'Heinrich Mann, Sigmund Freud, Kurt Tucholsky et Erich-Maria Remarque). Je sais que ce cours d'eau où ma petite fille admire les cygnes et les canards me sépare à peine de l'ex-ministère de la Défense du Reich, où le comte Von Stauffenberg fut exécuté avec les comploteurs du 20 juillet 44 (on y a élevé un mémorial à la résistance allemande). Je sais qu'à quelques pas de ce square de l'ex-place Lénine où les enfants dévalent les toboggans, la Rosenstrasse a vu, en février et mars 43, des femmes allemandes exiger la libération de leurs maris juifs « disparus » – c'est-à-dire déportés. Je sais que le tressautant nabot nommé Goebbels pérorait sur la guerre totale et l'Allemagne *Judenrein* (purifiée des juifs) dans la salle du palais des sports, Potsdamerstrasse, tout près du parc cosy où je m'empiffre de saucisses de Thüringe. Je sais qu'à Charlottenburg, cette immense arène où j'écoute les Rolling Stones parmi quatre-vingt mille berlinois bon enfant est celle de l'Olympiastadion où le Führer inaugura les jeux olympiques de 1936 et refusa de serrer la main de Jesse Owens, le sprinter Noir quatre fois médaillé d'or.

Je sais aussi que le lourd bâtiment néo-baroque qui borde Kleistpark fut de 1945 à 1990 le siège du commandement uni des forces d'occupation et qu'on géra de là la rotation des avions du pont aérien lors du blocus de 48. Je sais que le jovial capitaine soviétique qui était mon voisin de table lors d'un dîner à cet endroit, avec des officiers anglais, américains et français préposés à la surveillance du ciel de Berlin, travaillait certainement pour le KGB. Je sais que juste après le parc de Klein-Glienicke, qu'on dit volontiers « romantique », « exquis », « délicieux », le pont métallique qui relie Berlin à Potsdam était celui où l'Est et l'Ouest échangeaient leurs espions dans des aubes glaciales. Je sais que la rivière paisible qui débouche dans ce bassin où tangue mon pédalo charriait il y a peu les cadavres de ceux qui avaient tenté de fuir le socialisme réel.

Je sais même que le gros tout nu au crâne rasé, placidement vautré comme moi sur le sable de cette plage de Tegel, défilera peut-être en fin d'après-midi dans Schöneberg avec des congénères néo-nazi, en rêvant de casser du turc et en braillant des slogans xénophobes et des insultes antisémites sous des bannières à croix gammée.

*

*   *

Car, sous la douceur de Berlin, quelle réserve de violences aussi ! Qu'il y ait dans cette ville, dans la splendeur ravagée de cette ville, l'imminence toujours là, d'une terrible puissance d'affrontement et de destruction, c'est évidence.

Ce n'est pas seulement que l'histoire a laissé à Berlin les multiples cicatrices qui témoignent des éclats de cette puissance quand les événements la déchaînent. Ce n'est pas seulement non plus que le souvenir des exterminations, des autodafés, des holocaustes, des bombardements, des combats de rues, des rixes et des règlements de comptes entre les sociétés secrètes des années 20 et de bien d'autres poussées de fureur historique est partout présent dans cette ville qui pourtant a su un peu partout en parquer la visibilité dans des îlots innommables (des réserves, des quartiers ghettoïsés), ou la résumer et la conjurer dans des mémorandums architecturaux et des totems apotropaïques comme Anhalterbahnhof, tel mirador cruellement pittoresque sauvé de la liquidation de 90 ou les pans de Mur conservés le long de la Mülhenstrasse. Et ce n'est pas seulement que l'intarissable, le volubile flot graphique des graffitis dont s'ornent les murs dans les quartiers les moins policés (à Kreuzberg, entre autres) fait surgir, frontalement, l'agressivité des conflits, des haines, des protestations, des crispations et des déchirures d'un corps social énormément fracturé.

C'est aussi parce que la fracture est immédiatement lisible, comme je l'ai dit, entre les quartiers : d'une part les beaux quartiers rutilants, hygiénisés, vernis par le flot de l'argent abondant et de la consommation sans complexe (la City et les nouveaux quartiers d'affaires de Potsdamer Platz, de Friedrichstrasse ou de l'ex-Checkpoint – *Checkpoint Charlie business center*) ; les villas recluses dans les verdures d'une vie domestique lourdement allemande (à Dahlem, à Zehlendorf, à Pfaueninsel) ; les villages conservés aux limites de la ville et voués au revival patriarcal agreste (à Marienfelde, au Sud, le cimetière et la petite église gardent le souvenir des chevaliers du temple patronnés par Marie ; à Lübars, au Nord, on voit d'anciennes fermes slaves en briques, les champs de blé sont protégés par la loi, les auberges sont traditionnelles, les venelles bucoliques, les prés proprets, les chevaux lustrés et les cyclistes en laine vierge). Mais, d'autre part, il y a la réclusion explosive des exclus, des « basses classes », comme on disait au siècle dernier, dans les îlots marginalisés, exotisés, tiers-mondisés, « alternatifs » de Kreuzberg ou de Prenzlauer Berg ; voire, aux alentours du parc de Humboldthain, le long des larges et mornes et ventées avenues de Wedding – jadis Wedding-la-Rouge, Wedding la prolétaire : Prinzenallee, Pankstrasse, Osloerstrasse ; et assurément dans les pauvres quartiers encore quasi clochardisés de bien des secteurs de l'ex-Berlin-Est.

*
* *

Et puis ceci : à Berlin, quand la protestation politique déboule dans les rues, sa violence atteint souvent une intensité épique sans commune mesure avec ce que l'on voit dans d'autres villes européennes.

L'histoire, bien sûr, nous rappelle la brutalité des affrontements, dans les années 20, du côté de la Hauptbahnhof ou le long des canaux qui traversent Tiergarten, entre les militants spartakistes et les corps-francs du préfet Gustav Noske (le « chien sanglant »). Beaucoup de sang a coulé là. Karl Liebknecht et Rosa Luxembourg (et des milliers d'autres) y ont laissé la vie en janvier 1919. Une plaque apposée sous un pont de Schleuseninsel signale l'endroit où Rosa-la-Rouge, le crâne fracassé, fut jetée dans le Landwehrkanal. Et, désormais perdue dans le fouillis du chantier de la Potsdamerplatz, une sorte de verrue écorchée et noircie par les incendies de 1945 élevait naguère, non loin du bunker enterré du Führer, un pathétique monument aux spartakistes assassinés.

Pas loin, quand, venant de Tiergarten, on se dirige vers le Reichstag, la porte de Brandebourg ou Unter den Linden, on emprunte quasi obligatoirement l'immense avenue du 17-Juin (le dimanche s'y tient un vaste marché aux puces). Son nom évoque la date de ce qui était la fête nationale de la République fédérale jusqu'en 1990. Il rappelle surtout le soulèvement ouvrier de juin 53 à Berlin-Est : quatre cent mille grévistes, les défilés sur Alexanderplatz, l'incendie du siège du journal officiel du régime, les pierres dérisoirement lancées contre les chars de l'armée rouge, la répression impitoyable.

La télévision nous a souvent montré, nous montre à intervalles réguliers, des images brutales, fumigènes et vociférantes des manifestations qui eurent lieu, à la fin des années 60, suite à l'attentat dont Rudi Dutschke fut victime, en 68 (il mourut, dix ans après, des suites des blessures reçues alors). Aujourd'hui la fièvre de réconciliation allemande n'empêche pas les débats et les conflits sur le rôle historique de Rudi-le-Rouge : la municipalité chrétienne-démocrate du quartier chic de Zehlendorf n'a jamais voulu donner ce nom à la moindre venelle de l'arrondissement ; mais l'université libre de Berlin a tout récemment posé une plaque à son souvenir et un petit chemin du campus porte ce nom, désormais intégré au patrimoine.

Mais guère moins violentes étaient, dans les années 80, les manifestations contre le Fonds monétaire international. Jeunes gens casqués, policiers militarisés, visières plastiques, rangers et matraques, véhicules-panzers, canons à eau, grenades lacrymogènes. Et les fourgons de police renversés par des groupes hurleurs, le foulard sur le nez, brillamment manœuvriers et impeccablement efficaces. Les pavés volaient, les vitrines éclataient, les voitures brûlaient. Le lendemain, la feuille de chou droitière *B.Z.*, version berlinoise des tabloïds anglais, monument de vulgarité populiste et de conservatisme beauf, aimait tartiner sur les « barbares » sortis comme rats des trous de l'underground crasseux, passés, tels des Huns désherbants sur les avenues civilisées et repartis, le forfait accompli, vers les tanières immondes : « Richtung Kreuzberg ! » (« Direction Kreuzberg ! » – le ghetto des forces du mal). Ainsi était extrojecté, nommé, et désigné à la vindicte répressive et à la pulsion purificatrice l'innommable dont toute société s'affaire à résorber le grondement intestin pour s'afficher unanime dans ses vitrines civiques. Nulle part sans doute, mieux qu'à Berlin, on n'éprouve ça : l'affleurement brutal de ce qui force la civilité à reconnaître l'incivilité qui l'habite et la hante.

*
* *

Mais Berlin s'affiche aussi phénix incassable et goguenard. Berlin peut aussi donner la sensation de l'indestructible. D'abord la sensation que ça repousse – quoi que fassent les pulsions de mort, les délires politiques martialisés et la dérive suicidaire des civilisations en quête de régénération par le feu et le sang. Entre les vides écrabouillés par les bombes, voici le regrappillage obstiné du terrain par les immeubles et les jardins coquets. Sur les jachères de l'ex-no man's land, une nouvelle créativité urbanistique. Sur les utopies ruinées et les enthousiasmes idéologiques déçus, les fleurs d'autres rêves, d'autres perspectives civiques alternatives (des quartiers comme Kreuzberg et Prenzlauerberg, de part et d'autre de l'ancienne division, en exhibent les traces graffitées ou peinturlurées). L'invention artistique *semper redivivus* : Heiner Müller après Piscator puis Brecht ; Werner Fassbinder et Wim Wenders après Fritz Lang, Sternberg et Murnau ; Lüpertz, Salomé, Castelli, Elvira Bach et les *Nouveaux Fauves* de la Möritzplatz après les anciens du *Brücke*, Beuys après Dix et Grosz ; Durs Grünbein et Eberhardt Häffner après

Gottfried Benn et Else Lasker-Schüler puis Volker Braun, Wolf Biermann ou Oskar Pastior ; Jean Nouvel et Renzo Piano après Martin Wagner, Mies Van der Rohe et Walter Gropius...

Et puis aussi (davantage) quelque chose comme la sensation de l'indestructible du destructible. L'idée (la conviction physique, plutôt, la découverte visible, charnelle) que la destruction immine toujours, que l'éternel retour est répétition de la destruction, que Berlin incarne l'invincibilité du *Trauerspiel*, le jeu du deuil que joue implacablement l'histoire. Mais qu'au cœur de cette entropie terrible il y a un reste : un noyau immassacrable tout autant qu'innommable. Lui donner ce nom : *Berlin* est une fiction. Mais ce nom mythifié lui va assez bien. Berlin, l'Un. Celui qui reste s'il n'en reste qu'un : la perle de l'Un, quoi qu'on fasse pour diviser. Pour peu que l'Un soit multiple, démembré toujours, intuable parce que toujours déjà tué, pluriel, hétérogène, infixe.

Nature fusionnelle + esthétique des ruines + exaltations politiques violentes, Berlin est la plus strictement *romantique* des villes. Et du coup la plus homogène à force d'hétérogénéité. Lacs, forêts, béton, parois rutilantes, éboulis tragiques, verres, aciers, murs troués, ronces, bières, drogues, ordures. Strates d'histoire découpée et feuilletée. Trafics sexuels fébriles. Langues multiples, grouillement cosmopolite, idées dures affrontées, imprévisibles propositions d'art. Dans un méli-mélo catastrophique et jubilatoire. Dans la lèpre et le luxe. Dans la finesse et la lourdeur. Dans l'intelligence et l'inventivité comme dans la stagnation obscure et la bêtise opaque. Une âme, en somme. Une âme affinée dans la cruauté des temps. Avec le ciel dessus (*Himmel über Berlin* ou *Ailes du désir*), Big Sky, même par Stufe 1, 2, ou 3 de smog étouffant, sur l'énorme ville plate, têtue, vivace, blessée, cruelle et affairée à se recréer sans cesse.

## TROISIÈME MOUVEMENT

# Des images justes/juste des images

Coup d'œil rétro : août 1961. Jeune communiste français, je passe les vacances d'été à Stolzenhagen, à quelques kilomètres du cœur de Berlin, dans un camp de la Jeunesse allemande libre (version R.D.A. bleu-roi des écarlates komsomolsks soviétiques).

Une nuit de train. On arrive en début d'après-midi aux abords de Berlin. On est sommeilleux et fourbu. Mais gourmand de socialisme réel, avide de voir la ville emblématique. Le convoi est lent. On déborde des fenêtres. On est dans une Divine Comédie profanée par l'histoire moderne. Voici les Cercles successifs. Un cercle paradisiaque, bois éclairés de lacs, striés de canaux, de rivières à barques et de biefs à pêcheurs, troués de prés et de champs nets. Puis, sans transition, un cercle infernal : immenses terrains de ronces où s'enchevêtrent un terrifiant chaos de gravats, des montagnes de ferrailles, de pneus, de rouleaux de barbelés, des conglomérats de tanks éventrés, des monceaux de camions tordus, des piles de canons déchiquetés. Ce sont les reliefs de l'atroce festin guerrier à peine digéré, pas encore passés à la discrétion des ensevelissements. Choc. Stupeur. Cœurs noués. Puis à nouveau le cercle aimable des sapins et des bouleaux (mais ils paraissent plus sombres, plus aigres). Puis le surgissement de la ville opaque. Le train grince, s'arrête. Parois, barbelés, gares fumantes. Soldats. Bottes. Armes. C'est la guerre, encore. Sonné, on ne voit, ne perçoit plus rien. Papiers. Contrôles. Échos de langue allemande. Redémarrage.

À partir de là, souvenir flou (censure ?). Berlin est derrière cet écran. Berlin : pas vu. Première image : zéro. D'où que ça génère fort côté imaginaire. Sans doute, ensuite, traversée somnambulique d'une ville muette, indécise. Débarquement dans une gare sans repères. La mémoire se ravive un peu. Transbordement dans un bus aux amortisseurs osseux. Le creux des banquettes sertit bien les fesses. Ça tangue et ça pue. Chemin de sable entre les bouleaux. Voici le camp, au bord d'un étang. Extraction sciatiquée. Une chorale arbore ses chemises nettes sous un drapeau qui pend flapi dans zéro courant d'air. Coup de trompette. Chœur. Salut aux camarades français. On y est. Vieille Allemagne et jeunes gardes socialistes. On y pose son pied comme sur la lune. On n'est pas prêt de s'en remettre.

À Stolzenhagen, à l'aube, on salue le drapeau. On manœuvre martial avec des fusils en bois et on s'initie au lancer de grenade (contre l'ennemi de classe). On obtient des diplômes d'athlétisme populaire. On se fait piler au foot ou au volley par l'équipe prolétarienne de l'usine voisine. On apprend des chants révolutionnaires (ceux de la guerre d'Espagne, ceux des partisans soviétiques, ceux du mouvement ouvrier allemand et, pour faire plaisir aux amis français, *le Chant des Canuts*, *le Temps des Cerises*, *la Butte rouge*). On voit sur des écrans fripés *Et l'Acier fut trempé*, *Un homme véritable* ou *Normandie-Niemen.* On va en pélerinage à Ravensbrück (c'est tout près). À Buchenwald (c'est plus loin, on retâte du bus stoïcien), on manque de s'évanouir devant les collines de chaussures, de dentiers et de cheveux et les abat-jour en peau d'homme. Le matin : cours d'éducation marxiste-léniniste. Le soir : veillées chorales. La nuit : jeux de piste à thème politique. Foot dans les creux du temps militant. Pas mal de bière et de mauvaise vodka. Les filles allemandes sont éberluantes, regards coulissants et chair Cranach clair, quand elles se passent toutes nues la débarbouillette dans les lavabos du sous-sol devant des soupiraux propices. D'où quelques émotions d'hormones, des étreintes acides sous les pins. Berlin, saison mentale, saison idéologique et saison d'esquisse érotique. On a une ville au cœur pour moins que ça.

Stolzenhagen est dans la forêt de Wandlitz, à la lisière de Pankow. C'est là que se trouvent (je l'ignore) les villas somptueuses et les réserves de chasse des dignitaires du S.E.D., le parti communiste est-allemand. À deux pas, dans la ville, on construit le Mur, on clôture la « prison ». Le béton monte entre les deux zones. Cris et larmes aux fenêtres. Fusillades. Éructations au mégaphone. Bonds désespérés sur les parapets embryonnaires. Corps dans les barbelés. Images justes. Mais juste des images. Je n'ai rien su, alors. Ai vu ça après. Dans des journaux. Sur des photos. N'ai appris ce drame énorme qu'à mon retour en France. Ai compris alors pourquoi nos demandes d'excursion à Berlin essuyaient régulièrement des refus gênés, rogues, inexpliqués. Pourquoi on finit quand même par nous extraire pour une journée de la thébaïde de Stolzenhagen, après nous avoir dûment chapitrés de clichés héroïques. Pourquoi on fit, prophylactiquement encadrés, un tour de piste rapide dans des secteurs où rien n'était visible : le mémorial de Treptow et le parc des Pionniers, avec ses biches et son petit train Oui-Oui. Et pourquoi, le reste du temps, nous visitions surtout des usines-modèles ou des fermes collectives au nom à tiroirs kolkhoziens *(Landwirtschaftproduktiongenossenschaft)*.

*

* *

L'année suivante, même lieu de vacances. Les cours d'éducation politique sont dispensés par un militant du S.E.D. C'est un ancien de la guerre d'Espagne. Il aborde de front, profuse documentation économico-politique à l'appui, la question du Mur. Pour justifier sa construction. On opine, dociles, aveugles, imbéciles de certitudes. Du coup je rentre en France avec une argumentation en (cas de le dire) béton. Je catéchise le communiste breton. Je soutiens sans barguigner la construction sanitaire du Mur. Je le déclare garant de l'existence de l'îlot socialiste. J'en explique l'urgence, face aux menées du Grand Satan revanchard de l'Ouest.

Anecdote rétro, certes. Mais qui fait penser. *Berlin* emblème de l'idéologie bétonnée de moralisme révolutionnaire et chauffée d'élans militants. *Berlin* volonté obstinée de *n'en rien savoir.* Berlin site exemplaire de ce qu'on appela jadis, dans l'amitié de Montaigne, « la servitude volontaire ». Regardez, à l'Olympiastadion, à l'aéroport de Tempelhof ou au Sportpalast de Kleistpark, ce qui reste de l'édifice idéologique nazi. Méditez, sur Alexanderplatz, devant quelques résidus (mosaïques, statues héroïques) de l'utopie communiste. Et entendez moutonner derrière les foules amoureuses de la tyrannie. Il n'y a qu'à Berlin qu'on puisse se faire passer ce film par la ville elle-même. Une pièce intitulée *XXe siècle*, farce et tragédie mêlées, aurait sa scène à Berlin : le drame des utopies tournées en cauchemars, s'est noué, joué et provisoirement dénoué là. Et, en ce sens (plus qu'au sens qu'entendait John Kennedy dans son célèbre discours de juin 63 à l'hôtel de ville de Schöneberg), nous tous, gens du XXe siècle, sommes des Berlinois.

*

* *

Je réajuste l'objectif. 1989. Je vis à Berlin depuis 85. Stolzenhagen est à peine à cinq kilomètres d'oiseau. C'est bon juste pour l'oiseau. Fonctionnaire français, *j'occupe*. Pas accès à la R.D.A. Stolzenhagen est de l'autre côté du Mur. Stolzenhagen bernique. Stolzenhagen : juste une image derrière du béton coulé dans le moule du temps historique. C'est bouffon et sanglant. L'image dit cette bouffonnerie cachotière, bétonnée et cruelle.

Puis c'est le 10 novembre. Porte de Brandebourg. Regardez aujourd'hui ce bout de Parthénon kitsch avec sa horde morne à gros Nikons. Quel intérêt ? Mais hop, diapo, son-&-lumière ! : grappes bigarrées entassées sur le Mur derrière cordon de Vopos cois. Décor ibinunc + vues sur passé proche = strabisme. Et le rétrocerveau emberlinificoté. Flash-Georges-Bataille : « Pas de signe plus parlant de la fête que la démolition insurrectionnelle d'une prison ; la fête, qui n'est pas si elle n'est pas souveraine, est le *déchaînement* par essence, d'où la souveraineté inflexible procède. » Ici, un chant démodé dit ça, l'esprit est sorti du cachot. Mais sans violence. Force obtuse, seulement. Le vote « avec les pieds » dans des trains d'exil. Le million en défilé sur l'Alex, le 4. Tout ça filmé. Et constamment projeté sur le présent de Berlin.

La *souveraineté* se sera *déchaînée* entre autres contre la désinformation (dans un pays désinformé, sous un régime désinformant). Peu importe qu'elle n'ait su que confusément la nouvelle force accoucheuse d'histoire. Il a suffi qu'elle sache qu'il fallait accéder et faire accéder à l'image-média. Berlin-89 a fait surgir cet impératif. Voir Alexanderplatz, la *Galerie der Mauer*, Gethsemani Kirche = penser ça. Bien sûr, juste après, Bucarest (le procès des Ceaucescu, l'histoire immédiatement médiatisée). Mais d'abord Berlin. J'y repense, écrivant ce livre pendant la crise du Kosovo, à l'écoute de médias échaudés, conditionnels, soucieux d'infos méticuleusement « sourcées ».

Berlin, hiver 89. Programmes TV de la R.D.A. moribonde. Fini le « Schwarze Kanal » : un monsieur-tronc barbu et dignement lunetté venait commenter les noirceurs de l'Ouest (chômage, mafias, trafics avec les dictatures). Désormais on interviewe at home le pataud Egon Krenz, provisoire homme fort. On s'essaie à l'insolence. Ça sent moins qu'avant le dia-mat rance et la peinture fraîche (Erich Honecker disait que partout où il allait, dirigeant honoré et craint, cette odeur l'accueillait). On montre les « initiatives citoyennes » en visite dans les locaux de la Stasi.

On enquête sur les villas-nomenklatura. Terrible volonté panoptique. Petit lampion rouge dans ma tête dit : *Danger !* Pas seulement volonté de vérité (bonnes intentions), cet apurement des comptes. Illusion, aussi, d'une visibilité absolue des faits, d'un sondage sans reste des reins et des cœurs, d'une fluidité entière des réseaux de communication : enfer.

*

* *

Vous regardez le plus-de-Mur, près du Reichstag. Zéro. Mais, toc, diapo : dans le ciel de novembre 89, les grues des chaînes de télé dominent la foule en liesse. Derrière, les files de véhicules techniques. La lumière artificielle du siècle des médias illumine tout, aveugle tout. Le déchaînement festif : immédiatement chaîné, enchaîné, mis en images. Découpe, montage à vif. Qu'est-ce qui est tombé ? quelle tranche non-montable – qui aurait démonté ou démontré le montage ? qu'est devenu, dans cette stabilisation sélectionnée, aplatie et distanciée, le tumulte déchaîné du réel ? quelle représentation en garder – qui n'en convertisse l'insensé en symboles grossiers, qui n'en aseptise la jouissance et qui n'en estompe la menace ?

Le réel (la vitesse violente d'une histoire saturée de désirs, emportée de besoins, soufflée d'affects) ne s'épuise pas plus en images serties sur écran couleur qu'il ne se dit dans les discours « experts », la rationalité politique, la cohérence des scénarios narratifs. Regardez le vide. Imaginez : l'échauffement libidineux des têtes tombées dans le nul des explications politiques, l'érection des imaginaires en proie à l'illusion d'une convivialité retrouvée, la tempête des insouciances éblouies par la défaite, tout d'un coup, du mal (d'une forme du mal – que l'euphorie identifie, forcément, au Mal). Réel = déchaînement sans langue. Toujours à côté de la plaque (photo). Voyez ça grouiller dans le néo-chaos luxueux de Leipziger Platz, encombrée du vide d'avant, saturée du plein présent, grondante déjà d'un futur énervé.

Des flots d'images ne font pas une langue, n'articulent pas une pensée. Juste des flots d'images ne constituent pas des images justes. Le flot vient à la place du réel plus qu'il ne le fait voir. Pour le faire voir en vrai, pour en concentrer la violence internée il faudrait l'é-normité réinventée des langues d'art. Il faudrait un Céline ou un Guyotat. Un Eisenstein ou un Coppola. Ça viendra. Berlin, au temps de Georges Grosz, a déjà su faire ça.

*
* *

On a tout vidé, ici : l'espace, les têtes. Vous voyez aujourd'hui, du coude de la Spree à Unter den Linden, les buildings futuristes reboucher ce vide, rameuter du sens. Mais souvenez-vous de l'afflux des symboles : brèches dans le Mur, trous dans les drapeaux évidés des symboles communistes. Et un peu plus tard : les draps blancs du pacifisme appendus aux façades, pendant la guerre du Golfe. Et les écrans quasi déserts d'une TV en manque d'images guerrières. Repensez cette vacuité et cette lividité. Brouillage des contours symboliques. Sens troué puis reblanchi. Virginités rêvées. Boulimie d'images. Discours de peu de réalité. Congé jouissif aux affrontements idéologiques caducs. Mais aussi angoisse aphone d'un monde finissant, dépouillé du confort des anciens partages et voué du coup à des chromos humanitaires pâles. Trous et lessives blanches fixent le désir d'un oubli des conflits. Lessives et trous rêvent d'accéder au grand-espace d'une humanité fluide, radicalement médiatisée et réconciliée dans le bruissement cybernétique. Mais on ne peut pas non plus ne pas y voir l'emblème d'une béance par où s'évacue le sens historique – et la menace d'une irruption nihiliste.

Berlin est un livre d'histoire. Pas seulement d'histoire passée. Lisez les murs. Que va engendrer le désœuvrement blafard des idéologies ? Quel abandon à un consumérisme sans spiritualité ni pensée du négatif ? Et quels nationalismes ? quels intégrismes ? quelles nouvelles utopies serviles ? quels conflits ethniques ? Projetez les diapos de 89 au cœur arrogant du Berlin actuel. Voyez déferler, sur l'insignifiance cossue des façades, l'épinalerie du Bien. Demandez-vous d'où sortira le nouveau monstre. De quel bunker chtonien – que ne saurait fouiller aucune caméra parce que c'est en même temps un partout-présent et un nulle-part-filmable ? Sentez la violence croupir en boule rogue dans les clapiers exclus de Lichtenberg ou de Marzahn. Entendez les rumeurs de ce « voluptueux niveau souterrain » (Fritz Stern) où la germanité couve ses fièvres politiques. Marchez dans Steglitz ou Neukölln. Rien à voir, là. Mais risque de croiser un défilé martial quoique peu massif. Et de le voir brandir d'inquiétantes banderoles du genre de celle qui se levait pendant l'hiver 89 devant le Mur percé : « Le cœur de l'Allemagne bat jusqu'à Vienne. »

*

* *

Printemps 90. Pélerinage. Checkpoint Charlie, Alexanderplatz. Pour le bain d'histoire. Prenzlauer Berg, pour une rasade de Berlin-Est pur gris pourri. Crochet par Smetanastrasse, pour la nostalgie : Evi habitait là, on avait dix-sept ans, elle glousse au pied d'un pin, je vois son œil narquois, les copines chuchotent, puis bouche un peu amère, seins brûlants, j'étais dans l'émotion ; aujourd'hui c'est une lourde dame, sûrement, habituée, tranquille. Je passe. Mauvais macadam, friches banlieusardes. Puis les bois, les lacs. Ah, la gare de Wandlitz ! Rien n'a beaucoup changé. Toujours la bâtisse de briques, le buffet où on achetait vodka et cigarettes en carton tuyauté de Moscou. Puis des chemins forestiers. Je me perds un peu. Ma carte est approximative. Mon souvenir lointain. Mais voici Stolzenhagen, le camp, « la porte étroite qui chancelle », les grandes tentes militaires sous les pins, l'étang mou, l'embarcadère oblique. Bon. Avec le temps tout ne s'en va pas.

Sauf que pas mal d'atonie quand même. L'âme, c'est toujours moins mouillé qu'on croit. Moins mouillable qu'on voudrait. Moins trempé d'émotion que l'absence, le manque, la dentelle des nostalgies font croire. Donc (intérieur) : quant-à-soi concentré pour se toucher l'humide. Extérieur : tour de piste dubitatif dans le silence du sable. Pas de quoi se faire un imaginaire, y avait là. Et pourtant. L'odeur de Berlin, pas loin. La rumeur de Berlin, qui attendait. L'odeur du désir de Berlin. Berlin tel quel derrière les pendouillants drapeaux, les fusils en bois, les chants révolutionnaires tournés catéchisme. La vérité de Berlin derrière la mise en scène idéologiquéroïque bandée, pas mal bricolée et déjà essoufflée – mais avec encore des restes assez beaux en ces années-là. L'image de Berlin, tapi là-bas derrière ce bois plat, cette ligne de sapins noirs.

Berlin, un temps, fut ça : juste une image. Désir, rumeur, odeur, drapé serré des exaltations politiques et des leurres idéologiques. Fut ça et l'est. Berlin sera, toujours, pour moi, contaminé par ça. À cause de l'histoire, forcément – des grandes affaires historiques sanglantes qui *sont* le XXe siècle. Berlin (le nom, l'image, la réalité de Berlin) concentre ça : la matière déchirée du siècle ; la trace en vraies pierres de ses effondrements ; la mise en scène médiatisée du spectacle qu'avec tout ça le monde moderne se donne à lui-même ; et l'ombre, déjà enluminée d'angoisse, d'autres affrontements, crises, dérives – pour bientôt sans doute.

Pour l'instant, adieu Stolzenhagen. Circuit dans la campagne. Les villages de l'ex-R.D.A.: chevaux de trait, mécaniques sommaires et désertiques épiceries. Un côté patriarcal déprimé. La saveur douce-amère d'un monde d'avant l'explosion consumériste. Un autre temps, une autre histoire. Ça me serre aujourd'hui doucement le cœur comme ça me le serrait trente ans auparavant, parce que ça me rappelait l'encore un peu pénurique France des années 50, celle de mon enfance.

## La ville dont le centre était un trou

Final : un peu d'histoire encore fraîche. Berlin, avant la Wende. J'ai pris mon vélo, matin rose-gris sur un bout de pont, Jakob-Kaiserplatz. Siemenstadt moutonne carrément en bas. S'y sont mis à plein, dans les années 30, les archi-*Bauhaus*, pour faire ces clapiers genre vision Jules Verne d'Amérique cubique. Coup d'œil vers plus loin : bout-bonbon de Spree nimbé haleine menthe et traits de canaux, c'est le Westhafen, en sucre glacé avec des pépins de péniches qui stagnent. Panorama : façades à baies orthomentales où des dames vaquent à leurs étendages, c'est-à-dire quartiers sans nette identité. Un peu au-delà, crayonnés vite fait dans du fond de ciel, des bronzes et des ors qu'a réastiqués l'esthétique touriste, c'est Charlottenbourg, château genre très beau (vaisselle d'époque et peintures épiques). Après c'est Tiergarten, c'est pas si loin, imaginons, on voit quasi crapahuter en immobilité sur son fût martial l'Ange ornemental qu'aima Wim Wenders. Tout ça fait activement son intéressant mais je repique, le nez au guidon, vers des lieux plus déconcertants.

Autour, la Mercedes gronde, la BMW rutile. Chromes pétants, cylindres ronflants, triomphe allemand. Côté Kreuzberg, la 2 CV, dite « canard », fait sa résistance « verte » aux décibels bourges. Et des berlines déglinguées, pilotées moustachu et gavées de dames entchadorées, klaxonnent fort les jours de mariage turc. Mais ça n'ombrage pas le tableau luxe auto.

Si je pédale par Alt-Moabit, je tombe sur le Mur. Mon épaule se frotte au béton bombé par maint graffiteur. Derrière, c'est l'Est. Le Mur est aussi mental. Il organise en figures tranchées la représentation. Derrière ces murs, celui qui coupe et qui tue et celui qui occupe les têtes, une autre meute automobile. Je devine les caisses fragiles, les toussotantes pétarades, les fumées bleu-de-poison. Trabant, ça s'appelle. Ça a des couleurs pastel improbables : ocre tisane, bleu layette, jaune omelette, marron caramel mou, gris de béton. Ce sont des Solex à quatre roues. Un coup de poing fait se creuser leurs carrosseries de jouets d'enfant. Elles hoquètent sur la tôle ondulée sculptée aux feux rouges dans le macadam pour briser l'élan des démarreurs compulsionnels. Leur flux frugal flotte dans le costume trop large des avenues bordées d'ostentatoires buildings, où le régime Est-allemand fait rutiler l'orgueil de quelques vitrines alibis. Ce flux est mieux approprié aux mornes casernes de Weissensee, aux ruelles années 50 de Köpenick ou aux guinguettes à bière unique des rives du Müggelsee. Il convient au charme pingre d'un monde de pénurie, de convivialité débrouillarde et de désespoir ironique.

Dedans : des hommes hâves des joues, rasage indécis, bonnets de ski, parkas nylon, jeans délavés. L'imaginaire des bourges condescendants et des ados survitaminés façon Californie, fixe cette caricature de ceux de l'Est, les « Ossies », peuple autre et pourtant pareil, affairé dans la nuée d'une odeur émouvante et repoussante en même temps : l'odeur *Berlin-Est*, lignite et moteurs 2 temps ; un smog à la sensualité malsaine craché par tous les tuyaux d'une industrie sans pudeur écologique.

*

* *

J'ai pédalé sec. Kreuzberg. Wrangelstrasse. « Ça aussi, c'est un Mur », dit un graffiti, sur l'église Saint-Thomas. Les murs sont loquaces. Tout un conservatoire des idéaux soixante-huitards. Les durs turcs marxistes-léninistes militent fort de la colle. *Staline est toujours vivant !*, proclament leurs affiches ornées du portrait du Petit père des Peuples. Des punks-iroquois, bardés de cuir et de fer, graffitent des *No future !* en poussant des bambins blonds dans des landaus de récupération. Des féministes maximalistes avisent le *Violeur* inconnu qu'on lui *fera la peau.* Une façade d'Oranienplatz nous informe que *Les lesbiennes chient sur les catholiques.* Les persistants combattants du quasi-terrorisme crient *Non aux quartiers d'isolement* et réclament la *Liberté pour les prisonniers politiques.* Les nostalgiques des squats anti-consuméristes protestent au charbon contre *La dictature de la consommation* et disent *Non à l'Allemagne du Deutschmark !* Adalbertstrasse, au pied d'un mirador aux yeux de jumelles, une colonie écolo niche dans des roulottes bariolées et fumantes. Leurs totems indiens sculptés à l'opinel surveillent cochons, chèvres et légumes bios. À deux pas, Mariannenstrasse, le tracé rectifié du Mur a laissé à l'Ouest un triangle qui appartient légalement à l'Est. Des rescapés de l'anarchisme façon colonnes Durutti profitent du vide juridique. Leur mini-république, indépendante mais privée d'eau et d'électricité, arbore le drapeau noir. On lit sur des pancartes *Fuck off tourist !* ou *Des armes pour le Salvador !* À côté, au pied d'un péristyle de cageots, une dame turque en foulard bine ses poireaux, surveillée par son homme aux fines cigarettes et aux puissantes moustaches.

Plus loin, vers les quartiers plus particulièrement germaniques, c'est la ville ordonnée, repue et conservatrice. Et la voix des murs s'amuit. Mais la vérité de la ville est dans la coexistence de ce monde conforme et de sa part maudite, avec ses slogans hétéroclites lancés à la volée sur des murs graffités. Elle est dans l'image bigarrée, ce chaos cool et pittoresque (violent aussi, aux 1er Mai barricadeurs, brûleurs de voitures et briseurs de vitrines). Elle dégage le parfum complexe d'une vitalité toujours au bord de la cancérisation, le parfum, peut-être, de quelque chose comme la *démocratie*.

*

* *

Kochstrasse. Je passe le Checkpoint. Vague exotisme. Mais exotisme paradoxal, triste, exotisme *en moins*. Et figure plus sommairement contrastée. D'une part le modernisme ostentatoire de l'Alexanderplatz. De l'autre le charme suranné des quartiers excentrés, aux tramways grinçants et aux vitrines empoussiérées. D'une part les calicots amidonnés d'énoncés méthode Coué (*Le socialisme triomphe !*). De l'autre le silence obstiné des façades avec, dessous, deviné seulement, le bruissement d'une parole fourmilière, les réseaux de solidarité, les existences surveillées. Les murs sont muets. La politique, en surface, poursuit sa fiction, entre les brillants drapeaux des parades et la langue de bois des discours rituels. Dessous : le silence de ceux qui vont bientôt tonitruer fort et faire surgir leur réel dans cette fiction aussi vite dégonflée qu'une baudruche.

Car la fantasmagorie funèbre et son béton d'oppression, on sait qu'ils furent ruinés en un seul soir de rires et de larmes. Le peuple zombique des Ossies fit irruption dans la Babylone moderne. On embrassa les rescapés de l'au-delà. On offrit des cigarettes *West* (*Test the West !*). On gava les misérables de chocolat vrai et de bananes caloriques. C'étaient les dons du débordant cœur allemand aux revenants hagards d'un monde sans plaisirs.

Le flot barbare se déversa sur les boulevards du Capital. L'haleine empuantie venue de l'Est lia l'austérité socialo-prussienne d'Unter den Linden à la majesté capitalo-prussienne de l'avenue du 17-Juin. Alors, le nez travaillé d'une nostalgie trouble, on commença d'oublier (ou de vouloir oublier) la trace d'une différence qui opposait violemment deux mondes autour d'une utopie politique tournée en tragédie.

*

* *

Le Mur ne fut bientôt plus qu'un oignon épluché ou une longue gencive aux chicots résiduels, çà et là prothésée de grillages, de palissades ou même de simples rubans de plastique abstrait.

Quelques semaines après, vélo le long de la gencive. Une brèche, du côté de Stresemannstrasse. Le no man's land en rond et sa piste en ciment. Parfait, comme vélodrome. Mais pas fait cent mètres qu'un encore-Vopo surgit en casquette nette. « Noch nicht ! » (pas encore !) est son apostrophe à mon audace. L'index désabusé, vaguement. Mais toujours réglementaire malgré le zéro-règlement en gestation précipitée dans la déconfiture ambiante.

J'obtempère. Pédalée dans un caniveau entre Mur et buissons galeux. Moins bien, vois rien. Rumine. Sens l'odeur Trabant-lignite. Hume l'unité, sensoriellement. Me dis que rien déjà ne tient plus de cette partition où l'esprit trouvait quelque confort (le confort des déterminations simples, des oppositions symétriques, des différences fortement accusées). Sais que les marchands du temple ont déjà installé leurs armoiries publicitaires sur les façades de Berlin-Est. Vois leur défi à l'idéalisme égalitaire et puritain de ceux qui ont provoqué la chute du régime communiste : sur la place où s'élève l'église de Gethsemani, d'où partirent, à l'instigation des militants du *Nouveau Forum*, les premières manifestations de 89, le fluorescent cube bleu et jaune de Camel trône, flambant neuf, sur une façade épluchée par l'histoire, la pollution, la pauvreté.

Des territoires s'abolissent (dans les têtes aussi bien). Un monde se dilue dans une accélération tous azimuts des échanges. On essaie de rabouter les rues et les voies de chemin de fer qui s'envasaient dans un rien sablonneux ou butaient sur des plaques bétonnées, tranchées net par la saignée du Mur. On s'apprête à réouvrir les stations, fermées en août 61, que le métro traversait dans un jour glauque de carrelages jaunis devant des Vopos fantômatiques. On lance des lignes de bus entre les deux parties de la ville. Les organismes culturels de l'Ouest exportent leurs manifestations dans les centres culturels de l'Est. Les poètes marginaux qui vivaient dans la semi-clandestinité de Prenzlauer Berg, viennent lire à l'Ouest et se disent qu'enfin il va leur falloir être « bons » (c'est-à-dire que leur prestige d'écrivains « samizdat » ne leur suffira plus pour publier dans les revues et les maisons d'éditions de l'Allemagne réunifiée). Les bleuâtres files d'Ossies continuent, aux heures les plus matinales, à attendre, frémissantes du cabas, l'ouverture du magasin bon marché Aldi sur Potsdamerstrasse. Cinquante, cent, deux cents Caddie de supermarché abandonnés, vides, désossés encombrent les trottoirs de l'avenue du 17-Juin et leur contenu gorge des bus préhistoriques en partance pour Stettin, Poznan ou Wroclaw. Les sex-shops de la chaîne Beate Uhse, près de l'église du Souvenir, ne désemplissent pas d'une foule sevrée depuis quarante ans d'images pornographiques et que n'attirent peut-être pas assez efficacement les spectacles érotiques soft organisés désormais carrément au palais du Peuple, à l'Est. Dans les premiers jours de l'ouverture du Mur, plusieurs de ces sex-shops décidèrent même de baisser le rideau devant l'afflux des clients feuilleteurs mais peu acheteurs – réalisant ainsi ce paradoxe de magasins devant fermer leur porte à cause de leur trop de succès.

Berlin, donc, se déverse dans Berlin. Or, Berlin, en son centre, est un trou. Entre Tiergarten et Berlin-Mitte, se creuse l'espace béant de Leipzigerplatz (à l'Est) et de Potsdamer Platz (à l'Ouest), là où trépidait jadis le centre de la métropole prussienne et où battait le cœur du IIIe Reich. Les bombardements n'ont pas laissé grand-chose de ces places et de ces rues. Il a fallu raser. Reste un mixte de terrains vagues, de décharges et de pelouses à pique-nique. Vélocipéder là-dedans c'est risquer à chaque tour de roue la chute entre les détritus, les barbelés, les ferrailles, les gravats, les cahutes improbables. Voici le marché aux puces, boueux, zonard, colonisé par des familles polonaises qui vendent de tout pour rien. Et les étals bricolés d'une brocante de souvenirs (fragments du Mur, uniformes de l'armée est-allemande, casquettes de l'Armée rouge, insignes militaires de tous ordres et même des cartes de membre du S.E.D.). On peut même se faire tirer le portrait le bras sur l'épaule domestiquée d'un impressionnant Vopo (ça s'appelle Vopolaroïd). Plus loin, quelques ruines prestigieuses : la bosse de taupe du bunker où mourut le Führer, la stèle aux spartakistes, noircie par le feu, le monument aux morts soviétiques gardé par des soldats russes raides, eux-mêmes surveillés par la milice britannique, elle-même benoîtement cernée par la police allemande.

Aucune autre ville n'a ainsi pour centre un trou sans nom. Central Park est un parc. Le Forum romain est un forum. Le Trou des Halles n'est plus un trou mais un plein gorgé de vanités, un cube intestinal saturé de monde, de bouffe et de fringues. Mais Potsdamer Platz est tout sauf une place. Comment penser ce trou de tous les trafics, ce trou de tous les échanges, ce trou auquel aucun nom précis ne va ? De même : quelle autre ville que Berlin s'arrête ainsi net sur une limite matérialisée, qui coupe le tissu urbain de ce qui, immédiatement, est une campagne ? Quelle autre ville a sa *ban*lieue – son lieu de *ban*nissement – en son cœur même ? Quelle autre est à la fois traversée et cernée par une sorte d'anneau vide, un vélodrome de 150 km dont le sens, une fois annulé celui de la perversion politique qui le dessina, échappe et ouvre à bien des questions : qu'en faire ? comment l'occuper ? quel sens (quel nom) donner à un aussi immaîtrisable espace ?

Là furent la porte du Berlin baroque, le noyau de la ville des Huguenots et le centre névralgique de la capitale du Reich. Là sera le cœur du Berlin du troisième millénaire. Pour l'instant : cinquante-cinq hectares à remplir. Daimler-Benz dégaine déjà ses Marks pour planter là un monument au capitalisme triomphant. Mais les Alternatifs refusent que s'installe au centre du nouveau Grand-Berlin une firme de marchands de canons et les Verts voudraient y voir une sorte de Central Park à la berlinoise. Ça va barder. Ça barde déjà. Ce campement protestataire que je traverse à petite allure, cette réserve d'Indiens sur quoi flottent les fanions du refus, des militants décidés les ont installés sur le terrain, vague pour quelque temps encore. Le débat architectural touche, comme souvent, au débat politique. Et la question de ce qui remplira le cœur vide de la ville est celle des choix idéologiques qui modèleront la vie des Berlinois réunifiés. À suivre.

*

* *

Mai 90. Je pédale sur le pont de Glienicke, direction Potsdam, pour voir le château de Sans-Souci. Un tankiste soviétique fou de vodka l'a traversé il y a quelques jours pour lancer son char comme un revenant d'une autre planète dans la nuit magique du Kurfürstendamm. Ça n'a pas fait peur. Ça fait encore rire. Sur le pont de Glienicke on n'échange plus d'espions, mais des sourires touristiques et les billets gras du troc monétaire. Les Vopos sont aimables. On en voit deviser avec des policiers de l'Ouest en caressant unanimement des molosses baveurs. Dans l'ex-no man's land, au pied du pont, joggers et cyclistes ahannent en chœur sur l'anneau de sable où quelques miradors démantibulés gisent. Mais, parmi les files de voitures qui passent le pont, des Verts à vélo distribuent leur bulletin local, *le Hérisson*, et exigent, dans des tracts au ton agressif, la fermeture aux polluantes autos des routes qui longent le grand lac de la Havel.

Berlin, comme toujours, fait penser. Ici plus qu'ailleurs, le modèle marchand a en face de lui des opposants secs. Ils veulent une autre civilité. Ni celle du communisme agonisant ni celle de l'apparemment victorieuse économie de marché. Mais ceux-là, qui luttent contre les pollutions diverses et la défense de la Terre, d'autres se chargeront de leur montrer en quoi leur hygiénisme naturaliste a d'étranges complicités idéologiques au ciel ambigu de la pensée allemande.

L'histoire, malgré l'annulation du vaste affrontement qui clive l'Europe depuis Yalta, ne touche pas à sa fin. Vu de Berlin, c'est criant. Voici les banderoles de l'extrême gauche. Elles affirment que *Berlin reste rouge* et que *Les Nazis doivent partir*. Et voici l'extrême droite : elle défile, rangers aux pieds et tatouages svastika, elle braille des slogans néo-nazis et elle brandit des cartes de la Grande-Allemagne (avec la Silésie et la Prusse Orientale). Entre les deux on fourbit des armes dont l'éclat luit déjà de façon menaçante.

Car le trou qui bée au centre de la ville, le trou par où circule un flot incessant de paroles, de slogans, d'idées, de désirs et d'angoisses, le trou qui ronge impitoyablement tous les territoires où nos pensées se reposaient dans le confort des vieux partages, ce trou n'est pas seulement la béance d'une ville crevée par la guerre, pas seulement le vide des cabas que les Ossies viennent remplir dans les supermarchés de l'Ouest – le trou est aussi un trou dans les têtes, vidées de grands programmes politiques, décapées du dedans de toute assurance idéologique. Et les têtes vidées, on le sait, veulent du plein, du plomb. Reste à espérer que ce plomb ne soit pas celui de toutes les crispations meurtrières, de toutes les violences désespérées de rester sans langue dans l'effondrement des croyances, de toutes les rancœurs des laissés-pour-compte de l'euphorie consumériste – le plomb, par exemple, qui leste les têtes sans mémoire de ces illuminés qui attaquent les foyers d'immigrés ou qui ornent la tombe de Bertolt Brecht au cimetière de Dorotheenstadt d'un énergique *Cochon de juif !*

*

* *

On connaît la suite : j'ai commencé par Berlin aujourd'hui. Repasser par les lieux que j'ai évoqués. Tous ces sédiments d'histoire, passions, drames, farces, fureurs, sont là, à fleur de pierre. Suffit d'un peu de savoir, d'un peu de désir et d'un peu d'angoisse. Et laisser venir. Presque rien à voir, beaucoup à éprouver, tout à penser : cadeau. Rouler encore dans Weissensee. Le gros gardien triste du cimetière juif, son bec-de-lièvre et son accent de Brooklyn. Je ne comprends guère ce qu'il me raconte. Pas que ça qui soit pas simple à comprendre. J'opine quand même sous ma kippa. Replongée douceur, trempette des orteils dans le petit lac rond de Weissensee. Coup d'œil attendri à une Trabant moutarde-éventée qui pense sans pneus à guère plus que rien au bord d'un trottoir sale. Salut aux façades trouées, aux ultimes boutiques modèle R.D.A. Le long faux-plat de Prenzlauerpromenade. Gaffe aux traîtres rails du tramway à cloche. Friches, usines, cités moches. Tiens, voilà que presque plus de ville. Presque plus de ville égale pareil que n'importe où : garages, supermarchés, concessionnaires auto. Encore quelques bicoques, pimpantes-repeintes (réunifiées), ou à crépis déplaqués et gouttières rouillées (souvenir d'avant). Puis prés à vagues vaches. Puis bouleaux, pins, étangs. Sables pompants. Wandlitz. Halte essoufflée dans une guinguette. Une blonde joue d'un accordéon pas gai. Un jeune homme gratte guitare. On s'ingurgite bière standard + saucisse + salade de patates. Affreuse fragilité là-dedans. Musique d'avant. Espace poreux, spectral. Avant, c'était oppressant et sanglant, oui. N'empêche. On voit déjà le prix payé. Regarder vivre et changer Berlin, nonobstant toute indécente ou naïve nostalgie c'est aussi tenter d'évaluer ce prix. Il n'y a même peut-être pas d'autre raison de continuer à vouloir voir vivre et changer Berlin – nonobstant, cette fois, tout désir touristique.

Vélo, vélo, je pédale une fois de plus, sans pesée, sans pensée, ruminant un rêve mou, sur les aiguilles de pins, le long du lac de Stolzenhagen. La roue tourne. Crevaison. Dissolution. Boucle bouclée. Nous sommes sortis du XX^e^ siècle. Nulle part on ne le comprend mieux qu'à Berlin.

# ANNEXES

Les guides classiques (par exemple le très précis guide vert Michelin) donnent sur Berlin les informations historiques et touristiques nécessaires. Je ne recense ici que quelques-uns des événements, des sites et des personnages que j'évoque plus particulièrement.

## LES ÉVÉNEMENTS

Jusqu'au début du XXe siècle, l'histoire de Berlin suit les péripéties de l'ascension prussienne, la marche vers l'unité allemande, le développement de l'empire des Hohenzollern.

L'histoire couramment évoquée dans ce livre commence en 1918 avec la défaite du Reich wilhelmien et la création de la République de Weimar. Quelques repères :

– 1919 : l'Assemblée nationale élue en janvier 19 s'installe à Weimar. Répression sanglante contre les communistes (qui ont proclamé à Berlin, en novembre 18, la « République socialiste libre d'Allemagne »).

– 1920-1933 : République de Weimar. Putschs, assassinats politiques, inflation folle, chômage catastrophique. Les nazis entrent massivement au parlement en 1930.

– 1933 : en janvier, le maréchal Hindenburg, chef de l'État, appelle Hitler au poste de chancelier. 27 février : incendie du Reichstag par les nazis. Le Parlement donne les pleins pouvoirs à Hitler. Interdiction des partis de gauche, suppression des syndicats, création de la Gestapo, ouverture des premiers camps de concentration dès la fin de l'année 33.

– 1938 (9 novembre) : *Nuit de Cristal*. Dévastation des magasins tenus par des juifs, synagogues incendiées, assassinats, arrestations, déportations.

– 1939-1945 : les bombardements sur Berlin commencent dès août 40. Ils deviennent vite terribles (stratégie dite du « tapis de bombes »). Quand les armées soviétiques prennent enfin la ville (fin avril 45), le centre est un tas de ruines et la population globale de la ville a diminué d'un tiers par rapport aux chiffres de 1939.

– 1945-1961 : la conférence de Potsdam (juillet-août 45) organise l'occupation de Berlin. La ville est divisée en quatre secteurs ; américain, anglais, français, russe. La République Démocratique Allemande est créée en zone soviétique (1949). Berlin-Ouest (les zones d'occupation américaine, anglaise et française) est isolé au milieu du territoire de R.D.A. Blocus de Berlin-Ouest par les soviétiques de juin 48 à mai 49. En juin 53, émeutes populaires à Berlin-Est, réprimées par l'intervention des chars soviétiques.

– 1961 : dans la nuit du 12 au 13 août, le gouvernement de R.D.A. fait fermer les points de passage entre les deux Berlin. Le Mur est construit tout autour de Berlin-Ouest. Des dizaines d'Allemands de l'Est tomberont sous les balles de la police populaire, en cherchant à le franchir.

– 1989 : la politique imposée de Moscou par M. Gorbatchev (la « perestroïka ») force la R.D.A. à desserrer l'étau. Des milliers d'Allemands de l'Est quittent le pays vers la Hongrie et la Tchécoslovaquie. Manifestations quotidiennes à Leipzig (dès septembre) puis à Berlin (novembre). Le Mur s'ouvre au soir du 11 novembre. L'état est-allemand s'effondre en quelques semaines.

– 1990 : union monétaire entre les deux Allemagnes (juillet), traité d'unification politique (août), fin de l'occupation de la ville et réunification allemande (3 octobre).

– 1991 : Berlin redevient capitale de l'Allemagne réunifiée.

– 1999 : les divers ministères du gouvernement allemand s'installent dans leurs nouveaux locaux berlinois.

## LES LIEUX

**ALEXANDERPLATZ :** au cœur de l'ex-Berlin-Est, dans l'arrondissement de Mitte, l'Alex bordait autrefois les quartiers populaires qu'évoque Döblin dans *Berlin, Alexanderplatz*. Elle fut la vitrine architecturale du régime socialiste.

**CHECKPOINT CHARLIE :** au bout de Kochstrasse, dans un quartier agressivement « rénové » depuis 1990, c'était le principal point de passage (sourcilleux, brutal) entre les deux Berlin. Les baraques barbelées et miradorées qui se trouvaient là ont été détruites. Reste un musée qui rappelle les multiples moyens imaginés par les gens de l'Est pour passer à l'Ouest.

**BRÜCKE-MUSEUM :** à Dahlem (Bussardsteig), ce petit musée rassemble des œuvres remarquables de Nolde, Heckel, Kirchner, Pechstein... Groupe d'artistes né à Dresde en 1904, installé à Berlin en 1911, *Die Brücke* (le pont) est à l'origine de l'expressionnisme.

**DREILINDEN :** au sud-ouest de Berlin, le point de contrôle de Dreilinden était à la frontière entre la R.D.A. et Berlin-Ouest. Y restent les bâtiments désertés des polices « alliées » et quelques traces de la saignée du Mur.

**GLIENICKE :** à Wannsee, le pont ferrailleux de Glienicke fait passer de Berlin à Potsdam. Au temps de la guerre froide, on y échangeait les espions. Tout à côté le petit château de Klein-Glienicke et le parc aménagé au XIXe par Peter Josef Lenné, architecte des jardins royaux de Prusse.

**GRANDE ÉTOILE (place de la...) :** à Tiergarten, au bout de la vaste Avenue du 17-Juin. Au centre de la place : la colonne de la Victoire (celles de la Prusse sur l'Autriche en 1867 et sur la France en 1871). À son sommet : l'Ange martial et doré qui domine le ciel de Berlin dans *les Ailes du désir*.

**KaDeWe** (KAUFHAUS DES WESTENS = Magasin de l'Ouest) : sur Wittenbergplatz, ce grand magasin luxueux était l'emblème du Berlin capitaliste et consommateur.

**KREUZBERG :** l'arrondissement de Kreuzberg, coincé contre le Mur, était le cœur du Berlin « alternatif » et violemment politisé d'avant 1989 (squats, ateliers d'artistes, boîtes rock et marchés turcs). C'est toujours, du côté d'Oranienstrasse et d'Heinrichplatz, un quartier cosmopolite (turc, kurde, grec...). Mitte, Prenzlauer Berg, Treptow, Marzahn, Köpenick (sur le territoire de l'ex-Berlin-Est) et Steglitz, Charlottenburg, Neukölln, Reinickendorf, Spandau (Berlin-Ouest) sont les noms d'autres arrondissements.

**KURFÜRSTENDAMM :** vaste avenue qui traverse le quartier cossu de Wilmersdorf, le Ku'Damm était le cœur commercial et mondain de Berlin-Ouest. À son extrémité est, l'église du Souvenir et son clocher ébréché, vignette favorite des guides de Berlin.

**LANDWEHR KANAL :** Berlin est parcouru de canaux. Le Landwehr Kanal est le principal. On le voit en particulier à Tiergarten (du côté du Zoo) et à Kreuzberg (vers Kottbusser Tor). Le corps de Rosa Luxemburg y fut jeté en 1919, du côté de l'île des Écluses (Schleuseninsel), à Tiergarten.

**MARIANNENPLATZ :** esplanade gazonnée au centre de Kreuzberg, elle butait, au nord, contre le Mur. Derrière l'ex-hôpital de Béthanie, qui la borde à l'ouest, pas mal de traces bricolées du Kreuzberg d'avant 89. L'été : ciné en plein air.

**PANKOW :** le quartier de Pankow (Nord-Est) fut la première capitale de la R.D.A. (le « régime de Pankow »).

**POTSDAMER PLATZ :** entre Kreuzberg, Tiergarten et Mitte, les places conjointes de Potsdam et de Leipzig sont aujourd'hui un extraordinaire chantier d'où émerge à cadence accélérée le visage du Berlin futur. Potsdamer Platz était le cœur du Berlin d'avant-guerre. Rasée par les bombardements, elle fut, de 1945 à 1990, un vaste vide traversé par le Mur et le no mans' land.

**R.D.A. :** la République Démocratique Allemande fut créée en mai 1949 sur le territoire correspondant à la zone d'occupation soviétique. Le *S.E.D.* (Parti Socialiste Unitaire d'Allemagne) était le parti communiste au pouvoir. La *F.D.J.* (Freie Deutsche Jugend = Jeunesse allemande libre) était l'organisation des jeunesses communistes. La *Stasi* était la police politique, les *Vopos* les soldats de la police populaire (Volkspolizei).

**REICHSTAG :** sur la vaste place de la République, à l'est de Tiergarten. Construit sous Guillaume II, en 1884-1894. Siège du parlement allemand.

**SCHAUBÜHNE :** au n°153 du Kurfürstendamm, cet ancien cinéma des années 20 est l'un des théâtres les plus célèbres de Berlin.

**SIEMENSSTADT :** à Charlottenburg. Vaste complexe des usines Siemens, édifié là à partir des années 1910. Épargné pendant la guerre (des sociétés américaines y avaient des intérêts). L'énorme lotissement de brique brune qui l'avoisine fut construit pour les 50 000 ouvriers de Siemens par des architectes du Bauhaus.

**SPREE :** la Spree est la rivière qui serpente (la plupart du temps très discrètement) à travers Berlin. Le mieux, pour la voir : derrière le Reichstag (à Tiergarten), autour de l'île des Musées (Berlin-Mitte), ou le long du Treptowerpark. En flamme, dit-on, sous les bombes de 1945, elle fut aussi le tombeau de nombreux fugitifs qui tentaient de gagner Berlin-Ouest à la nage après l'érection du Mur.

**TEMPELHOF :** l'aéroport de Tempelhof (Place du Pont-Aérien), ouvert en 1924 et agrandi par le pouvoir nazi, conserve une construction en arc de cercle, témoin des rêves architecturaux gigantomaniaques d'Hitler. Ses pistes servirent aux avions du pont aérien mis en place pour répondre au blocus de Berlin-Ouest, imposé par les Soviétiques entre juin 48 et septembre 49.

**TREPTOWERPARK :** le long de la Spree (guinguettes et promenoirs vélocipédiques), ce grand parc prolongé par les bois du Plänterwald renferme un *mémorial soviétique* construit avec du marbre provenant des ruines de la chancellerie d'Hitler. Quand on poursuit vers le sud-est, c'est bientôt le village de Köpenick puis le vaste lac du Müggelsee.

**U-BAHN :** le métro berlinois. Il y a aussi le S-Bahn (autre métro), des tramways et des bus.

**UNTER DEN LINDEN** (Sous-les-Tilleuls) : à Berlin-Mitte, entre la porte de Brandebourg et la place du Palais (Schlossplatz), c'était l'axe du nouveau quartier aristocratique voulu par l'empereur Frédéric-Guillaume au XVII^e^ siècle. Les rues et places alentours portent la marque des immigrés huguenots français. Des édifices « historiques » plus ou moins reconstruits bordent l'avenue. Le 11 mai 1933, on brûla devant la vieille bibliothèque 20 000 livres de littérature « dégénérée ».

**WANDLITZ :** gros bourg au nord de Berlin. Dans la forêt alentours, les dignitaires du parti communiste de R.D.A. avaient de riches villas et des réserves de chasse. Au voisinage : le village de Stolzenhagen et, au bord d'un étang, dans les années 60, un camp des *Jeunesses allemandes libres*.

**WANNSEE :** ce lac est l'un des nombreux élargissements de la plate rivière Havel qui borde Berlin à l'ouest. Plusieurs plages, canotage et voile (l'été), patinage et hockey sur glace (l'hiver). Dans une villa de ses berges boisées, des fonctionnaires nazis organisèrent en 1942 la « solution finale ».

**WEISSENSEE :** quartier de l'ex-Berlin-Est, au nord de la ville. Là s'étend, envahi par le lierre, le poignant cimetière juif ouvert en 1880 (Herbertbaumstrasse).

## LES PERSONNAGES

**BENN, Gottfried (1886-1956) :** médecin à Berlin dans l'entre-deux-guerres. Son recueil de poèmes *Morgue* (1912) est sans doute, avec les textes de **Georg Heym** (1887-1912) et de **Else Lasker-Schüler** (1876-1945), l'exemple le plus emblématique de la poésie expressionniste de langue allemande (publiée à l'époque dans les revues berlinoises *Aktion* et *Der Sturm*). *Un poète et le monde* (Gallimard, 1965) comporte plusieurs textes relatifs à Berlin et à l'art expressionniste. Le livre de Pierre Mertens,*les Éblouissements* (Seuil, prix Médicis 1987) donne une belle version romancée de la vie de Benn, entachée par son ralliement au régime nazi..

**BIERMANN, Wolf (né en 1936) :** poète contestataire, expulsé d'Allemagne de l'Est en 1976 (comme sa belle-fille Nina Hagen, la chanteuse de rock dont une chanson célébrera un peu plus tard l'action libératrice de Mikhaïl Gorbatchev).

**DUTSCHKE, Rudi (1940-1979) :** leader de la contestation étudiante qui agite Berlin-Ouest entre 1965 et 1968, Rudi-le-Rouge est grièvement blessé d'une balle dans la tête par un fanatique de droite en avril 68. Il meurt des séquelles de cette blessure. Un petit chemin sur le campus de l'université de Dahlem porte depuis peu son nom.

**GROSZ, George (1893-1959) :** peintre et dessinateur berlinois. Dadaïste en 1918 et pionnier du photomontage politique. Proche, ensuite, de la « Nouvelle objectivité » et auteur de nombreuses aquarelles antimilitaristes et anti-bourgeoises. Fuit l'Allemagne en 1933.

**GRÜNBEIN, Durs** – et **Bert Papenfuss, Eberhardt Haefner, Jan Faktor** (etc.) constituaient, dans les années 80, un groupe de jeunes poètes avant-gardistes qui travaillaient dans la marginalité de Prenzlauerberg, à Berlin-Est. La revue TXT (n°24) leur a consacré en 1989 un numéro spécial (textes traduits par Alain Jadot).

**HOLLAENDER, Friedrich.** Avec **Kurt Tucholsky, Werner Finck** et **Walter Mehring**, il est l'exemple de ces poètes-chansonniers sarcastiques qui animèrent les cabarets berlinois des années 20/30 (le *Tingel-Tangel*, le *Katakombe*, le *Kleines Theater*). Tous ces personnages sont brillamment évoqués dans *le Retour à Berlin* de Jean-Michel Palmier.

**HONECKER, Erich (1912-1994) :** chef du régime Est-allemand au moment de la perestroïka, Erich Honecker quitte le pouvoir le 18 octobre 89, trois semaines avant l'ouverture du Mur. Il mourra en exil au Chili.

**ISHERWOOD, Christopher :** installé à Berlin dans les années 20, il écrit le roman *Adieu à Berlin* (Hachette/POL, 1979), dont sera tiré le film *Cabaret*, de Bob Fosse.

**KRENZ, Egon :** successeur d'Erich Honecker en octobre 89, il est rapidement balayé par le mouvement qui conduit à la fin de la R.D.A. puis à la réunification des deux Allemagnes.

**LIEBKNECHT, Karl (1871-1919) :** dirigeant du mouvement « spartakiste » (d'où sortira le parti communiste allemand), il proclame le 9 novembre 1918 la « République socialiste libre d'Allemagne ». Il est assassiné, avec **Rosa Luxemburg (1871-1919),** lors de la violente répression organisée par le préfet Noske après les élections de janvier 1919.

**PASTIOR, Oskar (né en 1927) :** écrivain d'origine roumaine, installé à Berlin depuis les années 60, c'est l'un des plus remarquables représentants de la poésie expérimentale de langue allemande. En français : *Poèmepoèmes* (TXT, 1990), *Pétrarque/33 Poèmes* (Cahiers de Royaumont, 1990).

**PISCATOR, Erwin (1893-1966) :** fondateur du « théâtre prolétarien ». Au *Metropol*, Nollendorfplatz, il réalisa des mises en scène mémorables qui marquèrent l'apogée, dans les années 20, de l'invention dramaturgique berlinoise. Au même moment, au *Deutsches Theater*, Schumannstrasse, travaillait aussi **Max Reinhardt (1873-1943).**

**THAELMANN, Ernst (1886-1944) :** chef du parti communiste allemand et député au Reichstag au moment de l'arrivée au pouvoir des nazis, il refuse de s'allier avec les sociaux-démocrates. Arrêté en 1933, déporté et assassiné au camp de concentration de Buchenwald.

Le *Retour à Berlin* (Payot/Voyageurs, 1997) de Jean-Michel Palmier évoque dans une belle lumière sombre le Berlin cosmopolite des années 20/30 et suit ses traces dans la ville des années 70/80.

Beaucoup de grain historique à moudre dans les ouvrages de la collection « Autrement » : *Berlin 1919-1933* (la République de Weimar), *Berlin 1933-1945* (Berlin sous le IIIème Reich), *Berlin 1970-1980: le ciel partagé* (la ville divisée), *Berlin capitale* (Berlin après le « tournant » de 1989).

De quoi s'aiguiser l'appétit dans *Berlin, anthologie littéraire*, recueil publié par Quai Voltaire en 1993. S'attaquer ensuite, si pas déjà fait, au *Berlin Alexanderplatz* de Döblin, à l'*Adieu à Berlin* d'Isherwood, à l'*Enfance berlinoise* de Walter Benjamin, à *la Dédicace* de Botho Strauss. Et quelques poèmes de Brecht, de Georg Heym, de Gottfried Benn, d'Elke Erb ou d'Anna Rheinsberg pour lier la sauce.

Côté cinéma, on peut se passer de pas mal de jamesbonderies cadrées Berlin-guerre-froide. Mais il y a de quoi, en toute dignité cinéphilique, se faire des images justes de Berlin avec *Allemagne année zéro*, de Rossellini (1948), *la Scandaleuse de Berlin (A foreign affair)*, de Billy Wilder (1948), *Berlin Alexanderplatz*, de Fassbinder (1979) et *Les Ailes du désir*, de Wim Wenders (1986). Et il faudrait voir ou revoir *Kuhle Wampe*, de Slatan Düdow (1932), exemple classique du « cinéma prolétarien berlinois », et *Berlin, symphonie d'une grande ville*, de Walter Ruttman (1927), chef-d'œuvre de la « Nouvelle objectivité ». Sans parler des films de Lang, Pabst ou Sternberg tournés à Berlin dans l'entre-deux-guerres : *Metropolis, M. le Maudit, la Rue sans joie* ou *l'Ange bleu...*

## *PETIT LEXIQUE*

À l'usage des non-germanistes, quelques termes qui entrent régulièrement dans la composition des noms de lieux :

Bahnhof = gare
Berg = colline, montagne
Brücke = pont
Bund = union, fédération
Burg = château, forteresse
Damm = avenue, boulevard
Dom = cathédrale
Dorf = village
Garten = jardin
Hafen = port
Haus = maison
Heide = lande
Hof = cour
Insel = île
Land (pluriel : Länder) = pays, région
Kirche = église
Markt = marché
Mauer = mur
Mitte = milieu (Berlin-Mitte = arrondissement situé au cœur de Berlin)
Platz = place
Reich = empire
Ring = cercle, anneau (et : boulevard périphérique)
See = lac
Stadt = ville
Strasse = rue

Tor = porte (d'une ville)
Ufer = berge
Viertel = quartier, arrondissement
Wald = forêt
Wohnung = demeure, appartement
(altbau Wohnung = logement de construction ancienne)

# TABLE

## CHEZ LE MÊME ÉDITEUR

Collection GRAIN D'ORAGE

Daniel BARUCH, *Au commencement était l'inceste.*
Jacques BENS, *la Cuisine en jeux.*
Jacques BENS, *Mots croisés.*
Jacques BENS, *Mots croisés de Lire.*
Alain BLOTTIÈRE, *Petit dictionnaire des dieux égyptiens.*
Rachid BOUDJEDRA, *Peindre l'Orient.*
Philippe BRENOT, *Éloge de la masturbation.*
Philippe BRENOT, *les Médecins de l'amour.*
Philippe BRENOT, *De la lettre d'amour.*
Alain BUISINE, *l'Ange et la Souris.*
Jean-Claude CARRIÈRE, *Quelques questions sous les étoiles.*
Michel CYPRIEN, *Demain il faisait beau.*
Michel DELON, *l'Invention du boudoir.*
Jacques DRILLON, *Propos sur l'imparfait.*
Armand FARRACHI, *Sermons aux pourceaux.*
Armand FARRACHI, *Un amour de Dracula.*
Armand FARRACHI, *Malfrats, pour que je plonge...*
Armand FARRACHI, *les Argolides.*
David Lee FONG, *Types aux graphies.*
FURETIÈRE, *les Couleurs.*
FURETIÈRE, *les Péchés capitaux.*
FURETIÈRE, *les Mots obsolètes.*
FURETIÈRE, *les Émotions.*
FURETIÈRE, *Animaux de l'Air et de l'Eau.*
FURETIÈRE, *Animaux de la Terre.*
Pierre GAZIO, *Petit dictionnaire des pharaons.*
Max GENÈVE, *la Prise de Genève.*
Dominique-Antoine GRISONI, *le Corps ingénu.*
Claude GUILLON, *le Siège de l'âme.*
Hubert HADDAD, *Du visage et autres abîmes.*
Hubert HADDAD, *Petits Sortilèges des amants.*
Roland JACCARD, *Topologie du pessimisme.*
Roland JACCARD, *Une fille pour l'été.*
Albert JACQUARD, *Pour une terre de dix milliards d'hommes.*

Stéphanie JANICOT & Jean TROLLEY, *Ulysse.*
Arnaud LABELLE-ROJOUX, *l'Art parodic'.*
Michel LACLOS, *Mots croisés.*
Michel LACLOS, *Mots croisés 2.*
Michel LACLOS, *Mots croisés 3.*
Michel LACLOS, *Mots croisés 4.*
Michel LACLOS, *Mots croisés 5.*
Michel LACLOS, *Mots croisés 6.*
Michel LACLOS, *Mots croisés 7.*
Michel LACLOS, *Mots croisés 8.*
Michel LACLOS, *Mots croisés 9.*
Michel LACLOS, *Mots croisés 10.*
Michel LACLOS, *Trucs, machins et autres choses.*
Michel LACLOS, *Nouveaux trucs et machins.*
Hervé LAROCHE, *le Koala dans la baignoire.*
Yves MARTIN, *les Rois ambulants.*
Laurent MERCIER, *Lettres de motivation.*
MISTERIOSO, *Jazz en jeux.*
Dominique NOGUEZ, *Cadeaux de Noël.*
Thierry PAQUOT, *l'Art de la sieste.*
Daniel PERCHERON, *l'Air de Paris.*
Georges PEREC, *Perec/rinations.*
Georges PEREC, *Jeux intéressants.*
Georges PEREC, *Nouveaux Jeux intéressants.*
Christian PRIGENT, *Berlin deux temps trois mouvements.*
Anne POURRILLOU-JOURNIAC, *la Lorgnette.*
Alina REYES, *Corps de femme.*
Alina REYES, *Politique de l'amour.*
Hugues ROYER, *Mille et Une Raisons de rompre.*
Érik SABLÉ, *la Sagesse des oiseaux.*
Joël SCHMIDT, *les Nibelungen.*
Robert SCIPION, *Mots croisés 1.*
Robert SCIPION, *Mots croisés 2.*
Frédérick TRISTAN, *le Fabuleux Bestiaire de madame Berthe.*
Pascal VERCKEN, *Sur la Nationale 7.*
Éric WAGNER, *Profession auto-stoppeur.*
Cécile WAJSBROT, *Pour la littérature.*
COLLECTIF, *les Romans et les Jours.*

Cet ouvrage a été composé en Bodoni corps 11
par les Ateliers Graphiques de l'Ardoisière.
Il a été achevé d'imprimer
par l'Imprimerie Floch à Mayenne
le 24 mars 2005
pour le compte des éditions Zulma.

Dépôt légal : avril 2005
N° d'édition : 083 - N° d'impression : 62690
ISBN : 2-84304-087-6
*Imprimé en France*